이정록

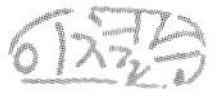

이철수의 나뭇잎 편지

밥 한 그릇의 행복
물 한 그릇의 기쁨

2004년 12월 27일 초판 1쇄 펴냄
2012년 11월 9일 개정판 1쇄 펴냄
2019년 8월 20일 개정판 4쇄 펴냄

펴낸곳 (주)도서출판 삼인

지은이 이철수
펴낸이 신길순

등록 1996.9.16. 제 25100-2012-000046호
주소 03716 서울시 서대문구 연희동 220-55 북산빌딩 1층
          (서울시 서대문구 성산로 312)
전화 (02) 322-1845
팩스 (02) 322-1846
전자우편 saminbooks@naver.com

디자인 (주)끄레어소시에이츠
제판 문형사
인쇄 수이북스
제책 은정제책

ⓒ 이철수, 2012

ISBN 978-89-6436-053-8 03810

값 12,000원

이철수의 나뭇잎 편지

밥 한 그릇의 행복
물 한 그릇의 기쁨

살다 보면 편지 쓰고 싶은 날이 있지요?

저도 그랬습니다.

손글씨로 사연 적은 살뜰한 편지를 받고 가슴이 따뜻해지던 기억 없이 살아온 사람이 있을까?

편지 쓰고 싶은 날이 많아서,

편지 받고 싶은 날이 많아서,

제 손으로 쓴 엽서를 보내기 시작했습니다.

제 안에 있는 그리움이 제 '나뭇잎 편지'의 시작이었던 셈입니다.

제 인터넷 홈 페이지 mokpan.com을 통해서였습니다.

그리고 참 좋았습니다.

작은 엽서에 조각 마음이라도 담을 수 있어 좋았고, 그게 다른 사람의 마음에 전해질 수 있어 좋았습니다.

때로 횡설수설이 되기도 하고, 보내고 나서 후회하는 날도 있었지만 그게 내 마음의 자취인 걸 어쩌겠어요?

마음 어지러우니 짧은 엽서에서도 그걸 다 감추지는 못했겠지요.

어쩌면 그래서 더 좋았던 건지도 모르겠습니다.

−손으로 쓰면 좀 다른가?
손글씨에 담긴 마음이나 활자 꼴에 담긴 마음이나 그게 그거지!
하실 분도 계시겠지요?
그야 그렇지만, 군이 손칼국수 찾고 손자장면 찾는 데도 그럴 이유가 있다면 그게
제 대답과 닮았을 수도 있겠습니다.
써보시면 좋습니다.

그동안,
"제 엽서를 보세요!"
하는 마음보다는
"당신도 엽서 한 장 써보세요!"
하는 심정으로 엽서를 쓰고 부쳤습니다.
그래서, 늘 기다립니다.
조용한 저녁에, TV, 컴퓨터 잠시 뒤로 하고, 책상 앞 작은 불빛 아래서 누구에겐가
엽서를 쓰는 당신을.
물론, mokpan.com도 뒤로 하셔야지요.

살면서 좋은 일 자주 있으시기 빕니다.

2004년을 보내면서
이철수 드림

겨울

이 냉혹하게 차가운
겨울 어디쯤에서
당신이 밤을 보내고 계시는지?

허기진 속을 감추고
여기 저기 떠돌아 사시는지?

누군가 당신에게 다가와
조심스럽게 손 내밀거든
부끄러움 없이
그 손 기꺼이 마주잡으시기를

지금 당신이 다 잃어버린
따뜻함
평화로움
여유와 기쁨 …

그 모든 것이 원래
임자가 따로 있지 않았으니
다시 당신에게
돌아오기도 하리라고 믿으시기를

창
백에는—

2003.12
이철순
그림

오늘 잠시 나앉게 되던
여기를 당신자리라고
스스로 믿어 버리지는
마시기를 …

마음 깊은터로 숨어버린
따뜻한 기억 소중한 인연
작은 열정과 희망의 불씨
되살려 내시기를

누군가 내미는 따뜻한
손길을 그 희망의 시작으로
삼으시기를

절망의 절반은 바깥세상에
있지만 나머지 절반은
우리마음속 희망으로 있다고
믿으시기를 …

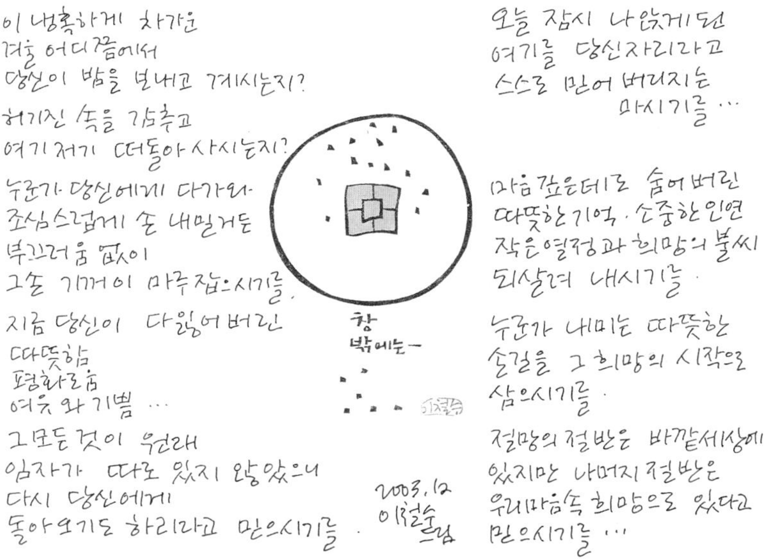

믿으시기를……

지금 당신이 다 잃어버린 따뜻함, 평화로움, 여유와 기쁨……
그 모든 것이 원래 임자가 따로 있지 않았으니
다시 당신에게 돌아오기도 하리라고 믿으시기를……

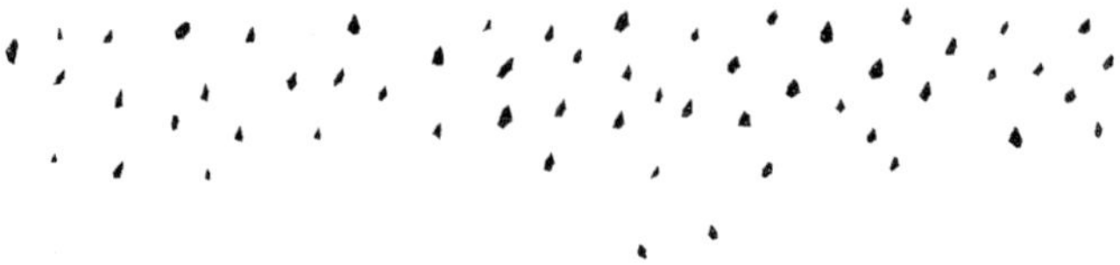

눈이 오실지도 모른다고 했습니다.
아이들처럼 눈을 기다리고 있었던가 봅니다.
눈맞고 어디 다녀올 일이 있는 것도 아니고, 눈보며
가슴설레일 나이도 아넌데… 하얗게 이승을 덮어오시는
눈을 기다렸는가 봅니다. 왜?
모르겠습니다. 순백의 마음을 읽고
더러워지는 마음이 마음으로 부끄러워했던
모양이지요. 눈이나 펑펑 오셨으면……
2003.12.5 이향로 드림

순백

아이들처럼 눈을 기다리고 있었던가 봅니다.
눈 맞고 어디 다녀올 일이 있는 것도 아니고,
눈 보며 가슴 설렐 나이도 아닌데……
하얗게 이승을 덮어 오시는 눈을 기다렸는가 봅니다.

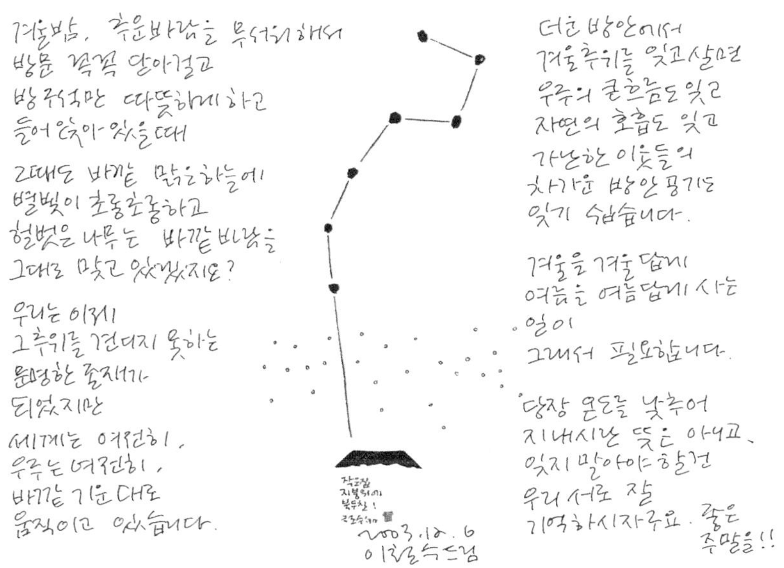

겨울밤, 추운바람을 무서워해서
방문 꼭꼭 닫아걸고
방구석만 따뜻하게 하고
들어앉아 있을 때

그때도 바깥 맑은하늘에
별빛이 초롱초롱하고
헐벗은 나무는 바깥바람을
그대로 맞고 있겠지요?

우리는 이게
그 추위를 견디지 못하는
문명한 졸재가
되었지만

세계는 여전히,
우주는 여전히,
바깥 기운대로
움직이고 있습니다.

더운 방안에서
겨울추위를 잊고살면
우주의 큰 흐름도 잊고
자연의 호흡도 잊고
가난한 이웃들의
찬 기운 방안 풍기를
잊기 쉽습니다.

겨울을 겨울답게
여름을 여름답게 사는
일이
그래서 필요합니다.

당장 온도를 낮추어
지내시란 뜻은 아니고,
잊지 말아야할건
우리 서로 잘
기억하시자구요. 줄은
주말을!!

작습할
지빛회에
불루룩!
곰놀하
2003.12.6
이철로 드림

바깥 기운

겨울밤, 추운 바람을 무서워해서 방문 꼭꼭 닫아걸고
방구석만 따뜻하게 하고 들어앉아 있을 때,
그때도 바깥 맑은 하늘에 별빛이 초롱초롱하고
헐벗은 나무는 바깥바람을 그대로 맞고 있겠지요?

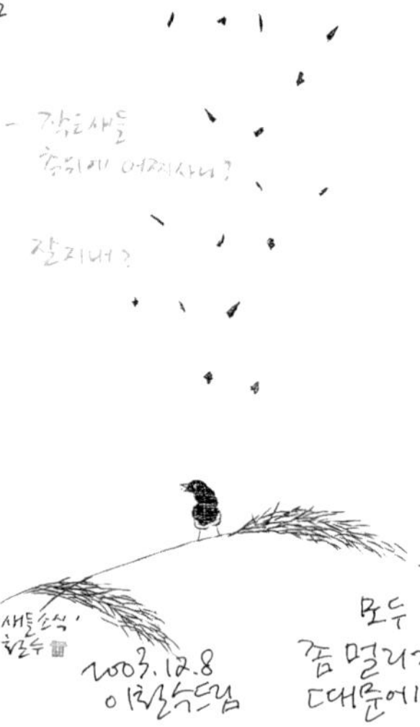

눈이 와있습니다.
가만히 와계시는 눈동경을
한참 바라보았습니다.

잠깐에 일어나서
청렴으로 보이는
눈동경에는
아직,
사람 흔적 없어
조용하고 깨끗합니다.

사람 자취가 없으면
무궁한 자연입니다.
오래오래
그렇게 두고 보면 좋지만
마당에 길도 내고
대문앞 길에는
눈도 치어야지요.
나가서,
큰대빗자루 꺼내어

눈청소를 했습니다.
오늘아침 무궁한 뜰에
첫 발자국 남긴것을
아쉬워했습니다.

마당에 사람들이
좁은길을 터놓고나서,
대문앞에서 부터 골목
길지나, 꽤 멀리까지
눈을치웠습니다.

눈 어데까지 치우면
되는지 늘 고민이었습
니다. 요즘은 생각을
정리했습니다.
- 눈길은 치우는데까지
모두 내땅이다! 그래서
좀 멀리까지 치우지요. 땅욕심
대문에 부지런히 치웁니다.

2003.12.8
이정수드림

눈 청소

눈 어디까지 치우면 되는지 늘 고민이었습니다.
요즘은 생각을 정리했습니다.
- 눈길은 치우는 데까지 모두 내 땅이다!
땅 욕심 때문에 부지런히 치웁니다.

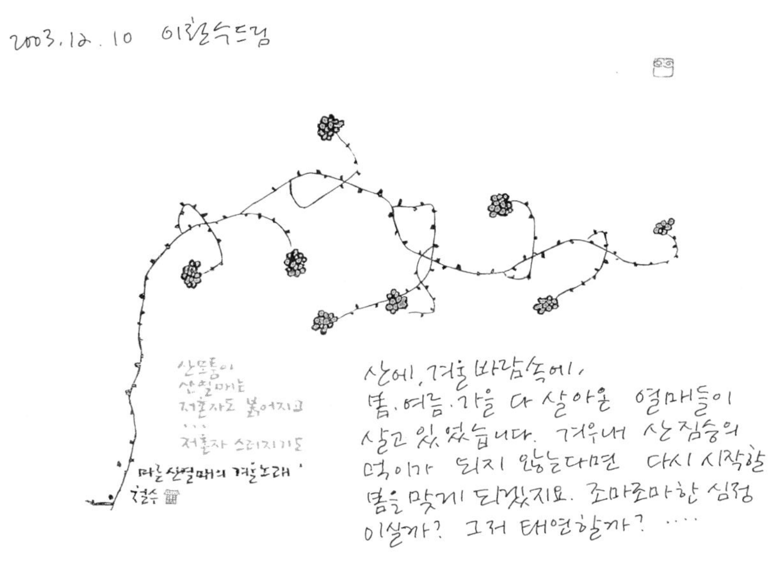

산에, 겨울바람 속에,
봄·여름·가을 다 살아온 열매들이 살고 있었습니다. 겨우내 산짐승의 먹이가 되지 않는다면 다시 시작할 봄을 맞게 되겠지요. 조마조마한 심정이실까? 그저 태연할까? ……

다시 시작할 봄

산에, 겨울바람 속에, 봄·여름·가을 다 살아온 열매들이 살고 있었습니다.

겨우내 산짐승의 먹이가 되지 않는다면 다시 시작할 봄을 맞게 되겠지요.

조마조마한 심정이실까? 그저 태연할까?

아직 미끄러운 날
외출하는
제 목에
찬바람 들어가지 말라고
아내가
목도리를 둘러주었습니다.
조심하라고
천천히 잘 다녀오라고
했습니다.
목도리 보다
그 말 몇마디가
훨씬 따뜻했습니다.

인연따라
한 지붕아래
한이불속에 살아가는
부부간이란게
따져 보면
아무것도 아닙니다.

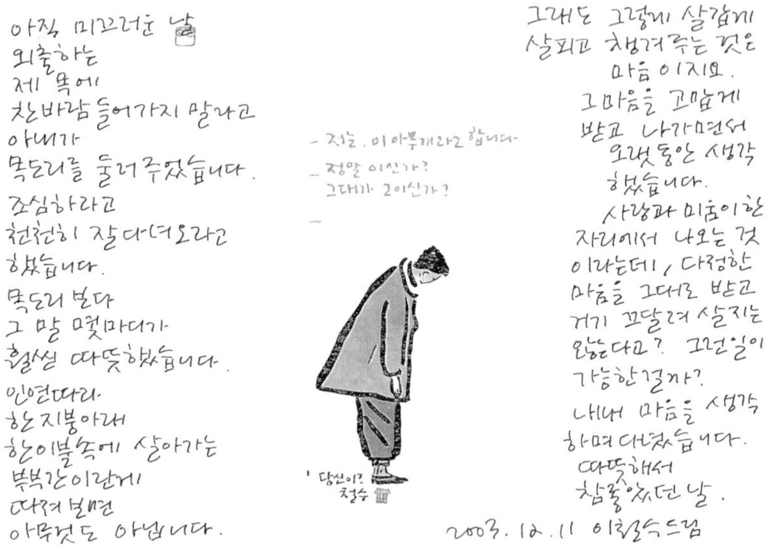

- 저는, 이 아부개라고 합니다
- 정말 이신가?
그러니까 그이신가?

'당신이?
청수

그래도 그렇게 살갑게
살피고 챙겨주는 것도
마음 이지요.
그 마음을 고맙게
받고 나가면서
오랫동안 생각
했습니다.
사랑과 미움이란
자리에서 나오는 것
이라는데, 다정한
마음을 그대로 받고
거기 꼬달려 살지는
않는다고? 그런일이
가능한걸까?
내내 마음을 생각
하며 다녔습니다.
따뜻해서
참좋았던 날.

2003. 12. 11 이철수 드림

부부

아직 미끄러운 날, 외출하는 제 목에 찬바람 들어가지 말라고
아내가 목도리를 둘러주었습니다.
조심하라고 천천히 잘 다녀오라고 했습니다.
목도리보다 그 말 몇 마디가 훨씬 따뜻했습니다.

불기없는
차가운 길에서
해를 보내고
맞는 당신들에게, 그리고
당신들 곁에서
마음으로 거드는
마음 따뜻한 사람들에게
보낼수 있는 축복이 무엇일까
아무리 생각해도 모르겠습니다.
세상에 지은죄가 많아서,
게으르고
무능해서
차가운 길에
나앉게 되었다고
믿을수는 없지요,
이웃과 남을 돌보기 어려워지는

사나운 경쟁사회에서 어제도
오늘도 그리고 또 내일도 생길
실패. 낙오. 일탈이 영원한
좌절과 포기의 외길이 되지
않기를 빌고 또 빕니다.
우리 마음속에 숨어있을
따뜻하고 아름다운 기억을
되살리시기를, 사그러질
듯한 불씨에 애으로
바람을 불어넣어 살리듯
마음속 작은 온기와
희망과 꿈을
일으켜 세우시기를…
내마음 속길을 서로
외면하지 않으시기를…
당신을 기다리는
얼굴을 잊지마시기를…

'훈련이야기'
2003.12
이창곤 드림

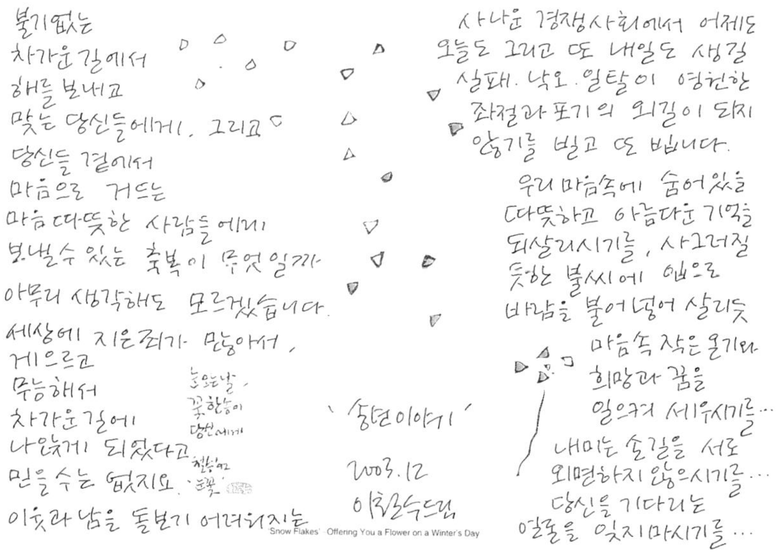

Snow Flakes 'Offering You a Flower on a Winter's Day'

불씨

불기 없는 차가운 길에서 해를 보내고 맞는 당신들에게,
그리고 당신들 곁에서 마음으로 거드는 마음 따뜻한 사람들에게
보낼 수 있는 축복이 무엇일까.
아무리 생각해도 모르겠습니다.

언제나 스쳐가는 바람처럼
여기고, 오고가는 감정을
지나가게 두어야 합니다.
붙잡지말고 두어야합니다.
갈때는 가라하고
올때는 오라해야합니다.
당신은 도통히,
오고 가는 마음을 지켜보는
텅빈 존재가 되어도
좋습니다. 성탄이 가깝따고
　　　　　　　　　— 딸아이가

마음을, 고요하게 하는 것이 방법입니다.
자제하고 눌러두는 것도 방법이 못되지요.
분노든 미움이든 기쁨이든
억누르는 것은
곧 쌓아두는 일입니다.
참는 것도 마찬가지지요.
흔히 취하는 방법은
발산하고 솔직하게 드러내는
것이지만
그도 좋은 방법은 못되지요.
세상사 모두
상대가 있고,
내게 담아두어서
짐된다고
남에게
떠넘기면
남은 또
어떻게 하라구요?

A Three - Legged Bird Roosting on a Pagoda
2003. 12. 22
이 　　 드림

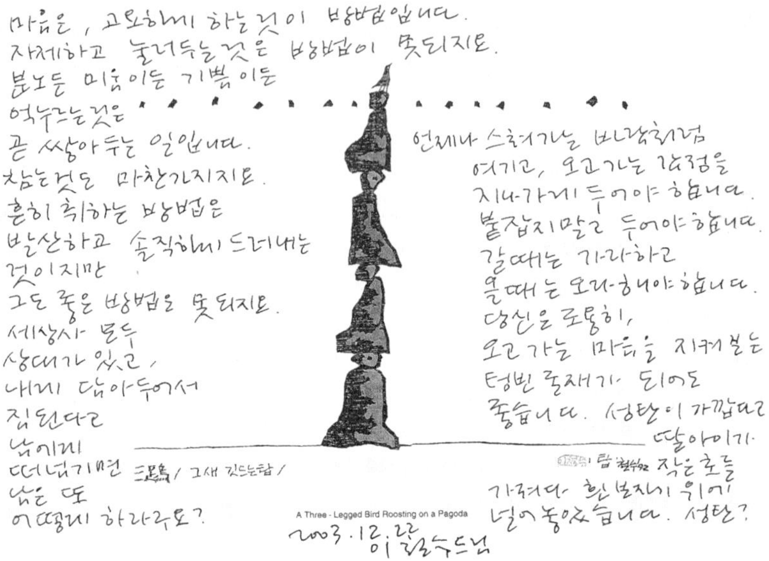

마음

언제나 스쳐가는 바람처럼 여기고,

오고가는 감정을 지나가게 두어야 합니다.

붙잡지 말고 두어야 합니다.

갈 때는 가라 하고, 올 때는 오라 해야 합니다.

거룩한 분이 오신것을 기뻐하는 날 하필 홈페이지를 개편하게
되어서 설레가 되었습니다. 새로워진 홈에서 보내는
첫엽서는 크리스마스 카드 처럼 만들었습니다. 성탄, 축하합니다.

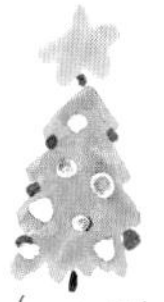

축!성탄

가난하고 억압받는 땅 베들레헴에서 가난한 목수의 집에
태어난 새생명을 두고 '거룩한 탄생' 이라고합니다. 그소식을
'복된소식'이라고 하지요. 부자유와 차별과 가난의 고통을 이기게
할 메시아가 오셨다는 희망과 기대를 담은 옛이야기인듯
합니다. 오늘도 새생명이 태어나고 있겠지요? 모든 새생명의
탄생이 복된소식이 되시기를 바랍니다. 2003.12.25 이현수드림

축! 성탄

가난하고 억압받는 땅 베들레헴에서
가난한 목수의 집에 태어난 새 생명을 두고 '거룩한 탄생'이라고 합니다.
그 소식을 '복된 소식'이라고 하지요.
부자유와 차별과 가난의 고통을 이기게 할 메시아가 오셨다는
희망과 기대를 담은 옛 이야기인 듯합니다.

평안하신지요?
어쩌가 없어서 아이들
선물챙기기 어려운 분들도
계셨겠지요?
그럭저럭 성탄절도 지났고
이제 새해가 오고 왔습니다.
올해 한해 그럭저럭 가졌지요.
새해 계획은 세우졌구요.
오늘 잠시 시내 다녀오는 길에
국도 한가운데서 중앙분리대
새로 만드는 일하고 계신
노동자를 보았습니다.
추운날씨에 시멘덩이를 만지는 일
보기에도 힘들어 보였습니다.
쌩쌩 달리는 자동차 서슬에
더 춥겠다 싶어서 자동차 속도를
조금 늦추어 왔습니다.

그게 제가 할 수 있는
배려의 전부 였지요.
춥고힘든 일 이겠지만
그 일이 그들에게 기쁨
이 있고 보람도 있는 일이
벌었습니다. 요즘은
제 하는일이 기쁨을 갖고
살기가 쉽지 않지요.
어렵고 힘든 시절이지만
하는일이 소중한 내선택
이라고 여겨지기만
한대견 건덜만 하
겠지요? 겨울 하늘
바깥 바닥에 몸을
내맡기고 사는 일이라
해도. 힘 내세요.
좋아질 겁니다. 추운날.
2003. 12. 26 이철수드림

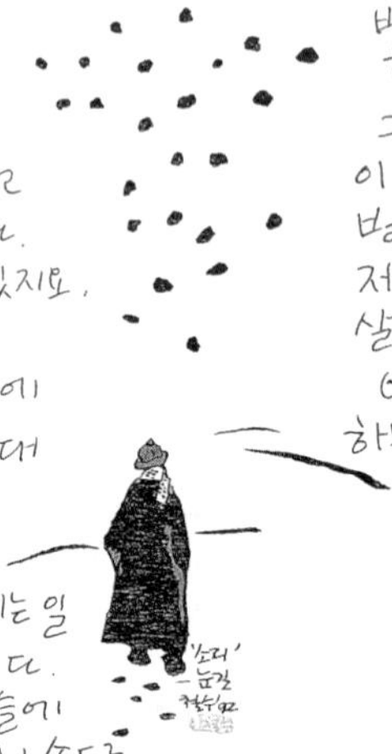

'Sound' - A Snow-Covered Path

춥고 힘든 일

오늘 잠시 시내 다녀오는 길에 국도 한가운데서
중앙분리대 새로 만드는 일하고 계신 노동자를 보았습니다.
쌩쌩 달리는 자동차 서슬에 더 춥겠다 싶어서
자동차 속도를 조금 늦추어 왔습니다.
그게 제가 할 수 있는 배려의 전부였지요.

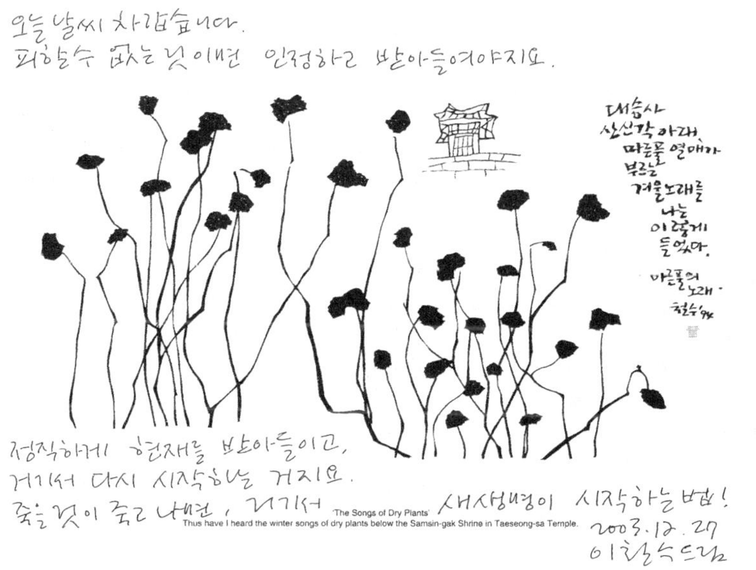

오늘 날씨 차갑습니다.
피할 수 없는 것이면 인정하고 받아들여야지요.

대승사
삼선각 아래
마른풀 연애가
부르는
겨울노래를
나는
이렇게
들었다.

마른풀의
노래 ·
청우 '94

정직하게 현재를 받아들이고,
거기서 다시 시작하는 거지요.
죽을 것이 죽고 나면, 거기서   새생명이 시작하는 법!

'The Songs of Dry Plants'
Thus have I heard the winter songs of dry plants below the Samsin-gak Shrine in Taeseong-sa Temple.

2003. 12. 27
이철수드림

거기서

오늘 날씨 차갑습니다.
피할 수 없는 것이면 인정하고 받아들여야지요.
정직하게 현재를 받아들이고 거기서 다시 시작하는 거지요.
죽을 것이 다 죽고 나면, 거기서 새 생명이 시작하는 법!

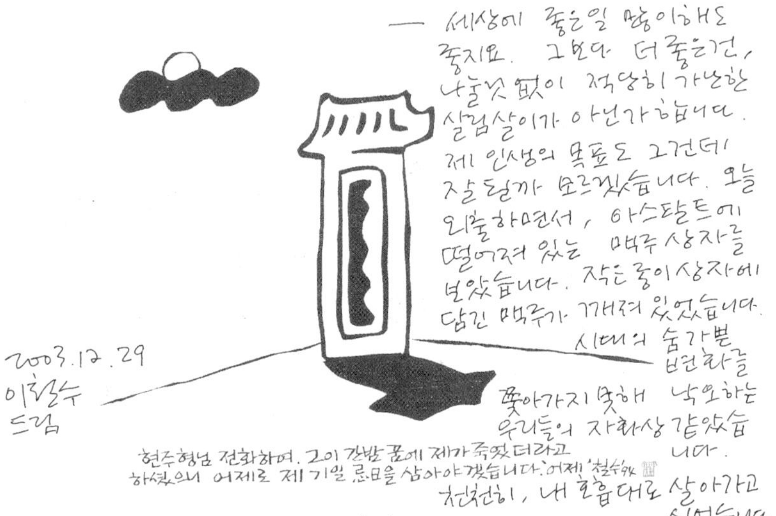

Yesterday
Brother Hyunju told me over the phone that I was dead in his dream last night. From now on I shall remember yesterday's date as my memorial day.

낙오

오늘 외출하면서, 아스팔트에 떨어져 있는 맥주 상자를 보았습니다.

작은 종이 상자에 담긴 맥주가 깨져 있었습니다.

시대의 숨 가쁜 변화를 쫓아가지 못해 낙오하는

우리들의 자화상 같았습니다.

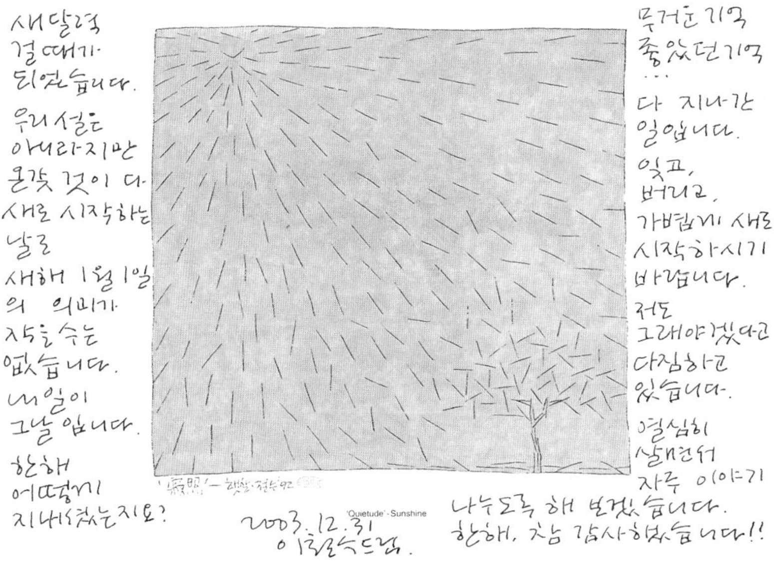

새 달력
걸 때가
되었습니다.
우리 설도
아니라지만
온갖 것이 다
새로 시작하는
날로
새해 1월 1일
의 의미가
작을 수는
없습니다.
내일이
그날 입니다.
한 해
어떻게
지내셨는지요?

무거운 기억
좋았던 기억
...
다 지나간
일입니다.
잊고,
버리고,
가볍게 새로
시작하시기
바랍니다.
저도
그래야겠다고
다짐하고
있습니다.
열심히
살면서
자주 이야기
나누도록 해 보겠습니다.
한 해, 참 감사했습니다!!

'獨照' — 솔리튜드·선샤인 'Quietude' · Sunshine
2003. 12. 31
이철수 드림.

새해

새 달력 걸 때가 되었습니다.
우리 설은 아니라지만 온갖 것이 다 새로 시작하는 날로
새해 1월 1일의 의미가 작을 수는 없습니다.
한 해 어떻게 지내셨는지요?

새는 날면서 보고
굼벵이는 기면서 보겠지요?
사람은 사람의 눈으로
세상도 보고
마음도 보고 … 그래야지요.

한해,
잘살아야 할텐데…
생각하면서
하루를 보냈습니다.
하루해가 조용히
저물었습니다. 새해, 행복한 나날 되시기 바랍니다.

—날면서보다 ·새의눈· 강우혁 印

2004.1.1
이철수 드림

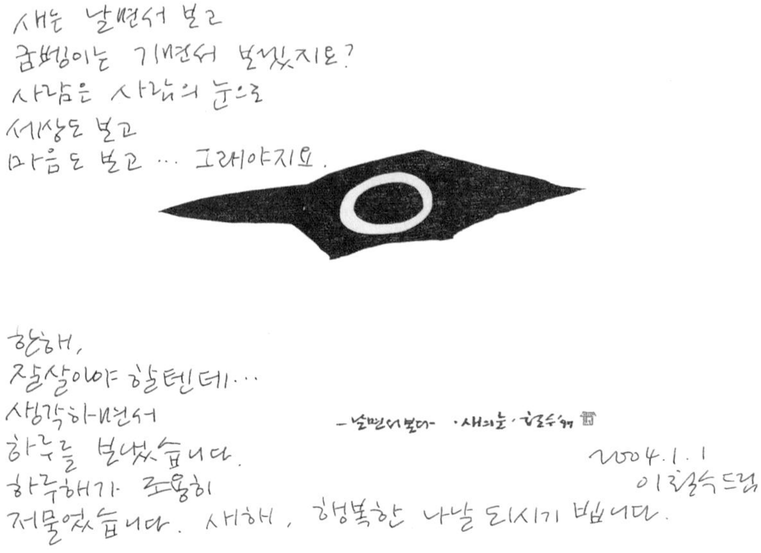

사람의 눈으로

새는 날면서 보고 굼벵이는 기면서 보겠지요?
사람은 사람의 눈으로 세상도 보고, 마음도 보고…… 그래야지요.
한 해, 잘 살아야 할 텐데……
생각하면서 하루를 보냈습니다.

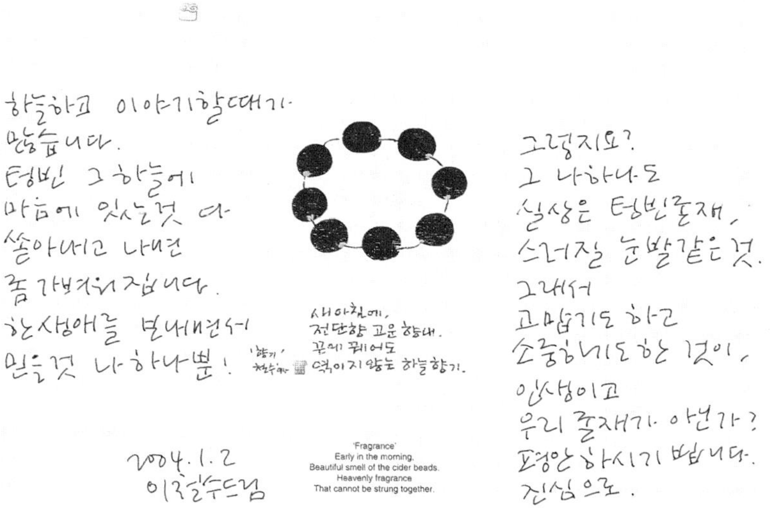

하늘하고 이야기할때가
많습니다.
텅빈 그 하늘에
마음에 있는것 다
쏟아내고 나면
좀 가벼워집니다.
한생애를 보내면서
믿을것 나 하나뿐!

2004.1.2
이철수드림

새아침에,
전단향 고운 향내.
꿈에 꿰어도
'향기' 엮이지않는 하늘향기.

'Fragrance'
Early in the morning,
Beautiful smell of the cider beads.
Heavenly fragrance
That cannot be strung together.

그렇지요?
그 나 하나도
실상은 텅빈존재,
스러질 눈발같은 것.
그래서
고맙기도 하고
소중하기도 한 것이,
인생이고
우리 존재가 아닌가?
평안하시기 빕니다.
진심으로.

하늘하고

하늘하고 이야기할 때가 많습니다.
텅 빈 그 하늘에 마음에 있는 것 다 쏟아내고 나면 좀 가벼워집니다.
한 생애를 보내면서 믿을 것 나 하나뿐!

생신 축하 드립니다

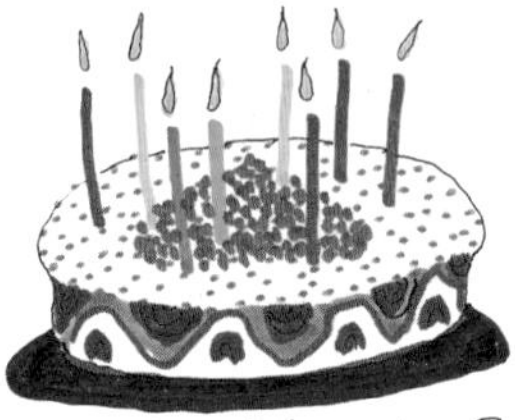

장인어른의 팔순자리에 다녀왔습니다. 80년을 사신것 축하드릴 일이지요. 꽤긴 시간입니다. 이제 혼자 되신 그자리가 조금 쓸쓸해 보였지만 오래 건강하게 살아오신 어른께 마음으로 감사와 축하를 드렸습니다. 자식들 낳아서 장성하도록 키워낸 그것 만으로 한평생의 값을 다치느신 셈입니다. 나머지가 따뜻하고 기쁨 많은 시간이 되시도록 하는건 자식들의 몫이겠지요?

2004. 1. 4 이희수드림

생신 축하드립니다

장인어른의 팔순 자리에 다녀왔습니다.
이제 혼자되신 그 자리가 조금 쓸쓸해 보였지만
오래 건강하게 살아오신 어른께 마음으로 감사와 축하를 드렸습니다.

오늘도 어김없이 화장실에 다녀왔습니다.
화장실에 오래 앉아 있지 못하는 성미라 늘 잠시
들어갔다 나오는 터입니다. 그래도 가끔 꽤 긴 시간
앉아 있게 되는건 화장실에 두고 읽는 책들 때문이지요.
'좋은생각' 같은 작은 잡지나, 시집들이 대개 화장실용 책입자
입니다. 거기 담긴 짧은 글어서 길고 심각하는 인생을

2004. 1. 5 이광흠 드림

만나게 되면 어쩔줄수가 없지요. 몸으로 하는 배설은 끝났지만
마음에 변비를 만난셈으로 오래 거기 있을 박에요.
좋은 글은 마음을 비우게 하기도 합니다. 화장실의 책꽂이.
괜찮은 조화지요? 몸도 비우고, 마음도 비우고.
오늘도 변기에 쪼그려 앉으면서 책을 가려 뽑습니다.

화장실 책꽂이

좋은 글은 마음을 비우게 하기도 합니다.
화장실의 책꽂이. 괜찮은 조화지요?
몸도 비우고, 마음도 비우고.
오늘도 변기에 쪼그려 앉으면서 책을 가려 뽑습니다.

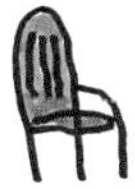

가난한 농촌, 일하는 사람들의 힘겨운 삶과 고통을
도시사람들은 잘 모르고 삽니다. 당대의 비판적
지식인의 대명사 처럼 불리우는 어른조차 2004년
겨울을 지내는 농촌 마을 사람들의 먹먹한 가슴을 모르고
계셨습니다. 지갑에서 돈을 꺼낼수 있으면 도시인의

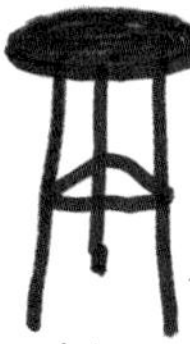

2004. 1. 17 이한율 드림

식탁은 늘 풍성하고 청정합니다. 맛있는 과일을 선택하고
신선하고 빛깔 좋은 야채와 매끄럽게 가공한 쌀을 사다
조리하고나면 식탁의 대화는 거칠것이 없지요. 땀흘려
농사짓는 사람들에게 도시인들의 풍요로운 식탁은 때로 극복하기
어려운, 산업.정보화 시대의 새로운 현실 과제 입니다.

일하는 사람들

지갑에서 돈을 꺼낼 수 있으면 도시인의 식탁은 늘 풍성하고 청정합니다.
땀 흘려 농사짓는 사람들에게 도시인들의 풍요로운 식탁은,
때로 극복하기 어려운, 산업 · 정보화 시대의 새로운 현실 과제입니다.

차가운 겨울들에 의자하나 내어놓고 가끔씩
거기 앉아 세상도 보고 마음도 봅니다.
갈수록 가난해지는 사람들이 보입니다.
많이 쓰고, 많이즐기고, 그래서 식견도 감각도 나무랄데가
없는 세련된 사람들도 마음이 넉넉해 보이진 않지요?

내마음을 살피는 자리
2004. 1. 9
이철로수드림

우리가 사는 2004년, 지금 이사회에서 누리는 다양한 호사가
어느것하나 온전하지 않은 탓이지 싶습니다. 쓸수록 허탈해
지고, 허탈해서 더 많이 쓰고, 그래서 다시 새로운 것을 찾아
나서는 우리들에게 마음의 평화가 있기를 기대할수는
없을 테지요? 소비를 열망하는 마음을 가만히 지켜 보는 자리.

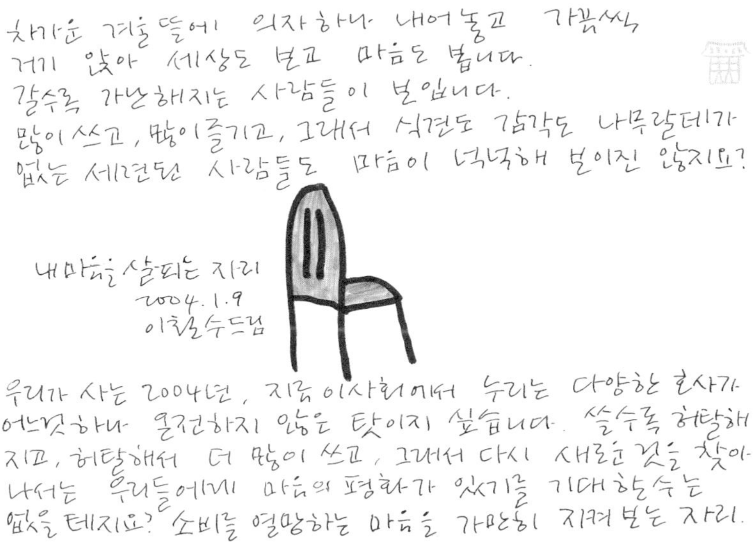

내 마음을 살피는 자리

쓸수록 허탈해지고, 허탈해서 더 많이 쓰고,
그래서 다시 새로운 것을 찾아 나서는 우리들에게
마음의 평화가 있기를 기대할 수는 없을 테지요?
소비를 열망하는 마음을 가만히 지켜보는 자리.

밤 으슥한 시장골목에는 벌써 인적이 뜸해져있습니다.
재래 시장의 낡은 가게방은 서둘러 문을 닫아버려서
을씨년 스러웠지요. 땅개고기·토끼고기… 판다고
써 놓은 집도 보이고 , 엄마빤쓰 … 판다고 적어 놓은
가게 방도 있었습니다. `엄마빤쓰`는 `미시팬티`와 어떻게

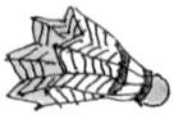

2004.1.13. 이철수드림

다른 물건일까 생각해보면서 시장골목을 걸어나오다가, 인적
드문 시장통에서 배드민턴 을 치고 있는 사람들을 보았습니다.
공원·약수터도 아니고 동네 끌목길도 아닌 시장안에서 배드민턴
하는 사람들을 만나게 될거라고 상상해 보지 못했던 터라
잠깐 놀랐습니다. 그럴수 있겠구나! 시장통이 생활속 터전인
사람들 에게는, 6여기가 밥도먹고 아이도 키우고 운동도하고 빨래도
하고 쉬기도 하는 ,인생의 마당이겠구나! 싶어졌습니다. 다니면
배우는게 많습니다. 어디나 인생이 있습니다. 장터에도 물론!

장터

그럴 수 있겠구나!
시장 통이 생활 터전인 사람들에게는 여기가
밥도 먹고, 아이도 키우고, 운동도 하고, 빨래도 하고,
쉬기도 하는 인생의 마당이겠구나! 싶어졌습니다.

눈.
목욕.
찌개 한 냄비.
더운 밥 한 그릇.

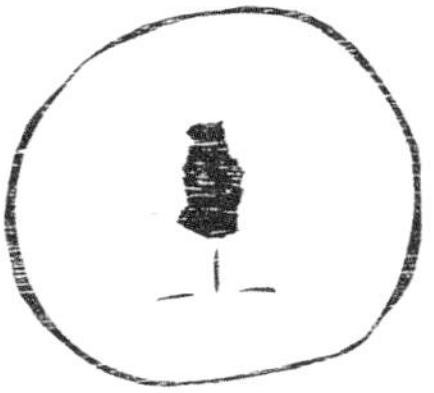

시샙지 않고
고요한 한사람
― 그렇게 혼자 있으면
아름답습니다

그렇게
하루가 저물다.
누가 여기
무얼 더 보태겠다시는가?

2004. 1. 20
이철수 드림

하루

눈. 목욕. 찌개 한 냄비. 더운 밥 한 그릇.

그렇게
하루가 저물다.
누가 여기 무얼 더 보태겠다시는가?

제 가까운 친구가 학교선생님 일을 그만 두었습니다. 저명한 시인
이기도 하지만 참 좋은 선생님 이던 사람이라 수배지 않은 결정
이었겠다 싶었습니다. 교사 의 길을 떠나서 시인의 길로 가기로
한셈 입니다. 시인의 길은   '사람의 길'이고 영혼 을 가다듬

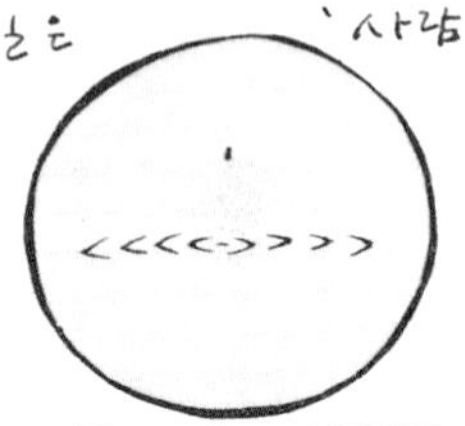

시인을 위한 엽서 ①
2004. 2. 1 이현수드림

언제나 하나인 물방울로
출렁치고, 잔잔하고
스미기도 합니다.
물입니다.

는 '수행자의 길' 이지요. 전 늘 시인을 부러워하고 싶습니다. 하늘의 뜻
을 아는 나이라는 오십 나이 쯤의 친구들끼리 모여서 출세·치부를
자랑하는 경우도 없지 않겠지만, 순정한 영혼을 지키고 사는것이
제일 큰 자랑이 아닐수 없습니다. 시인은 그 영혼의 주인들이래요.
참 깊고 의젓한 영혼을 가진 친구 에게 어울리는 길이다 싶었습니다

시인을 위한 엽서 1

하늘의 뜻을 아는 나이라는 오십 나이쯤의 친구들끼리 모여서

출세, 치부를 자랑하는 경우도 없지 않겠지만

순정한 영혼을 지키고 사는 것이 제일 큰 자랑이 아닐 수 없습니다.

시인은 그 영혼의 주인들이지요.

사가 밥먹여 주나? 그렇게 말하는 사람들이 참 많은 세상입니다.
시가 곧 밥이 되기는 어렵지만, 좋은시를 읽고난 저녁에 늦도록
기뻐 설레는 가슴을 다스리지못하고 자리에 누워 시의 여운에
취해본 사람이라면 그일이 참 아름다운 것임을 부인하기는
어렵습니다.

갇혀서 사는 모든것들,
그방이 텅빈곳 인줄,
모르는동안만 살아 있습니다.

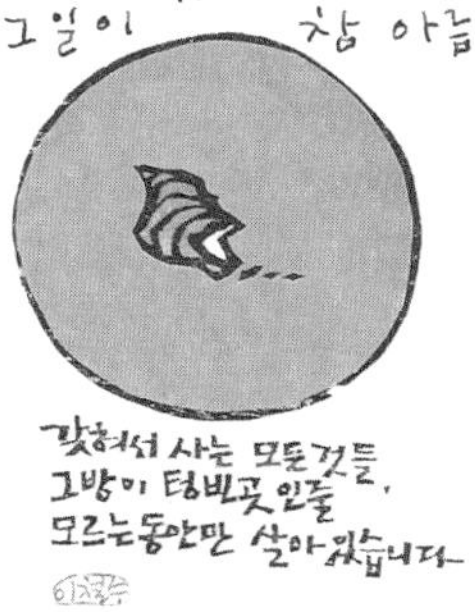

시인을 위한 엽서②
2004. 2. 2
이철수 드림

사는 일이 곡차스러워서, 능력이 모자라서, 허둥대고 사는 것 일때쯤
언제고 한번쯤 시의 마음 그대로 살아보고 싶은 욕심이야 버릴
수가 없지요. 제 영혼에서 길어올린 시로 세상의 많은 영혼을
씻기고 위안하는 일이 제 몫이라니 시인은 참 복받은 사람들
입니다. 그길로 가서 온전히 그길을 걸을 수 있을 친구에게…

시인을 위한 엽서 2

시가 밥 먹여주나? 그렇게 말하는 사람들이 참 많은 세상입니다.
시가 곧 밥이 되기는 어렵지만,
좋은 시를 읽고 난 저녁에 늦도록 기뻐 설레는 가슴을 다스리지 못하고
자리에 누워 시의 여운에 취해본 사람이라면
그 일이 참 아름다운 것임을 부인하기는 어렵습니다.

삶의 길에서, 어쩌면 내리막에서서, 삶의 나머지를 훤히 내려
다 보는 나이에 꼬박꼬박 생기는 월급을 마다하고 엉겼다고 작정
한 '그것'이 무언지 알지 못한다면 거짓말이지요. 시인의 길로
다시 들어설때 신발끈을 단단히 묶는 결단이 있었으리라 짐작
합니다.

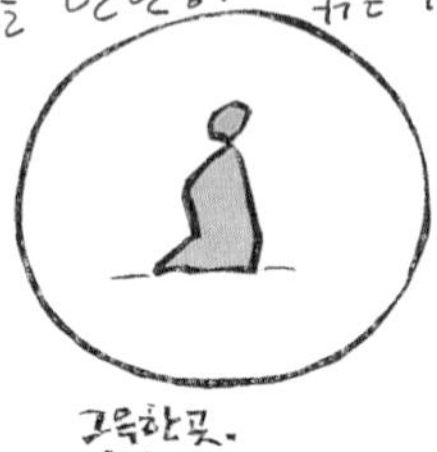

경숙한곳.
안따없는거기
당신자리

시인을 위한 엽서③

2004. 2. 3
이호숙드림

이제 온전한 삶의마무리를 향해 다시 시작하자 는 각오겠지요.
삶의 나머지를 인생의 중심을 얻는데 쏟아붓겠다는 생각이 아니
라면 다 버릴수 없었겠지요. 텅비어 있을지, 충만할지, 고요하고
따뜻할지, 알수 없는 존재의 근원에 닿아서 시인이 보여줄 시,
혹은 미소, … 그 아름다움을 기다려 보려고 합니다. 조용히.

시인을 위한 엽서 3

시인의 길로 다시 들어설 때
신발 끈을 단단히 묶는 결단이 있었으리라 짐작합니다.
삶의 나머지를 인생의 중심을 얻는 데
쏟아 붓겠다는 생각이 아니라면 다 버릴 수 없었겠지요.

시가 뚜덕대고 많기만 하다고 만진 않습니다. 직업 없이 온통 시 쓰기에만 몰두하는 시인을 기대하는건 더구나 아니지요. 때로는 고된 노동에서 벗어나는 시라서 더 영롱하기도 하고 절망과 실의 안에서 찾는 구원의 빛에서 감동을 얻기도 합니다. 사소한 삶의 편린에서

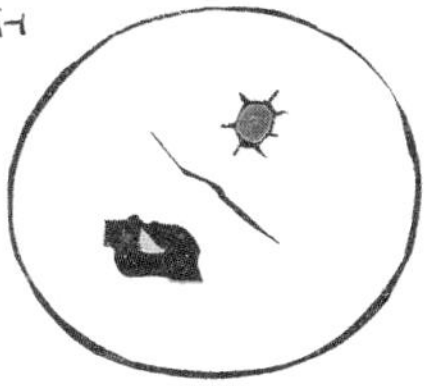

날日·天
달月·地

시인을 위한 엽서④
2004. 2. 4
이철수 드림

인생의 깊은 철리를 찾아 주는 눈밝은 시인들도 있지요. 처처에 부처가 있다 하고 티끌에서 우주를 본다기도 합니다. 세상이 온통 시일지도 모르지요. 우리가 모르고 있을 따름. '시인의 길'에서 내가 못본 갈피를 그가 많이 찾아다 주면 좋겠습니다. 함께 가면서 그가 불러 주는 노래를 듣는 기쁨이 갈수록 더 커지도록.

시인을 위한 엽서 4

처처에 부처가 있다 하고 티끌에서 우주를 본다고도 합니다.
세상이 온통 시일지도 모르지요.
우리가 모르고 있을 따름.
'시인의 길'에서 내가 못 본 갈피를 그가 많이 찾아다주면 좋겠습니다.

좋은 시를 위해서, 조용한 영혼을 위해서, 아름다운 세상을위해서 나를 조금 덜어 주어도 좋겠다고 생각하고 있습니다. 시가시인 그리고 시의 마음을 다 잃어버리는 세상에서 살아가고 싶지는 않으니까. 시를 지키기 위해서 우리를 조금 나누는건 좋은일 아겠지요.

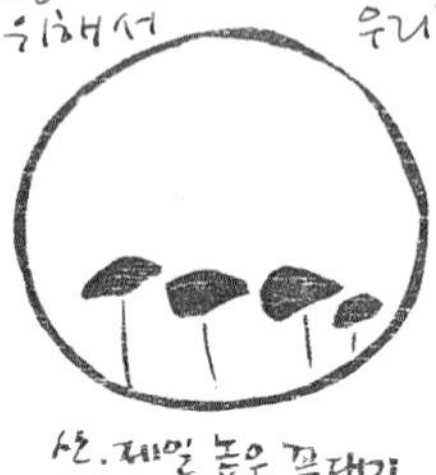

산. 제일 높은 꼭대기
소나무 푸르러도
— 하늘아래

시인을 위하는 엽서⑤
2004. 2. 5
이 호 율 드림

시인을 위해서 쌀 한 줌을 덜거나, 까치밥처럼 시인밥을 준비하는 친구가 되어야겠다고 혼자 생각해보았습니다. 그러기 쉽지는 않겠지만. 차라리 그길에 가난한 동행이 되는 편이 나을지도 모르겠다 생각키도 하고. 초록동색도 좋고 유유상종도 편할지요. 친구가 일을 저지르고 나니 저도 생각이 많아 지겠습니다. 그도 좋은 일입니다.

시인을 위한 엽서 5

시를 지키기 위해서 우리를 조금 나누는 건 좋은 일이겠지요.
시인을 위해서 쌀 한 줌을 덜거나,
까치밥처럼 '시인밥'을 준비하는 친구가 되어야겠다고
혼자 생각했습니다.

세상을 아름답게 보는 사람들은 작은것을 보고 있다.
작은것들 에게 섬세한 눈길을 주는 사람들은 세상 보다 먼저
자신이 아름답다. 왜 그런지는 알수 없지만 대개 그랬다.

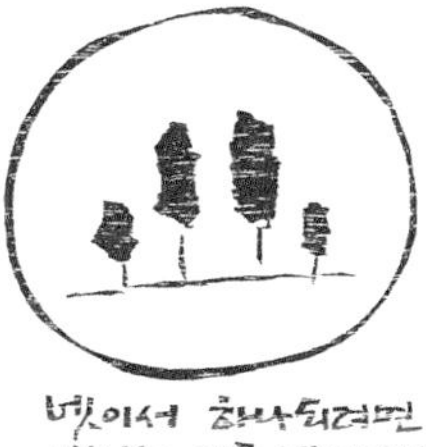

그 마음.
2004. 2. 6
이철수드림

벗이어서 함께할려면
- 열심히 서로 벗이어야
합니다

큰것을 보는데는 힘이 필요한가 보다. 그힘이 욕심사납게
하는지도 모르겠다. 알수 없지만. 아이들 처럼 순진하고
착하기도한 사람들이 있다는 사실은 우리를 기쁘게 하기도
하고 힘을 내게 하기도한다. 작은것을 보는데는 그 마음을
얻는게 필요하겠구나. 키낮은 마음. 따뜻하고 다정한

키 낮은 마음

세상을 아름답게 보는 사람들은 작은 것을 보고 있다.
작은 것들에게 섬세한 눈길을 주는 사람들은 세상보다 먼저 자신이 아름답다.
왜 그런지는 알 수 없지만 대개 그랬다.

졸업 축하합니다.
작은 성취의 기쁨과
좌절의 아픔을 안고
새롭게 시작하는
여러분을
위해

꽃다발을   2004.
준비   2. 11
했습니다.   이철수
성공도   드림
실패도 어떻게
받아들이는가에 따라
약이 되기도 하고
독이 되기도 합니다.

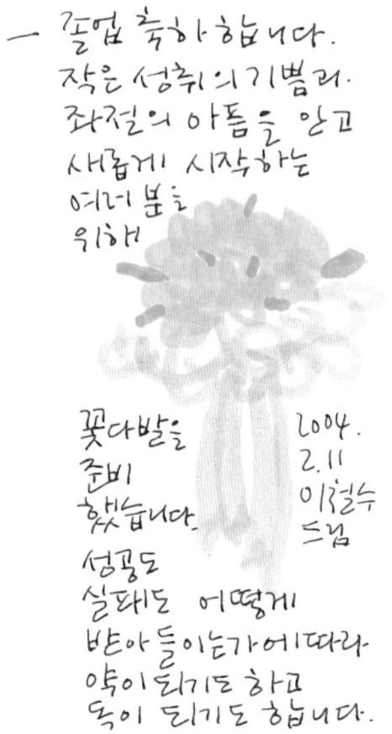

졸업

작은 성취의 기쁨과 좌절의 아픔을 안고 새롭게 시작하는
여러분을 위해 꽃다발을 준비했습니다.
성공도 실패도 어떻게 받아들이는가에 따라
약이 되기도 하고 독이 되기도 합니다.

거울속 봄날입니다.
그늘에 숨어 있던
얼음이 녹아 내리기
시작했습니다.

어쩌면 이대로
한겨울을 끝나는 건지도
모르지요.

친구가 온다고 했습니다.
그럼 사진을 찍어 준다고
그럼 사진 찍고 나면 서둘러
울진으로 간답니다.
되새가 왔다면서.
아, 되새!
어느 한가 주려니 대숲에서
그 새떼를 보았습니다.

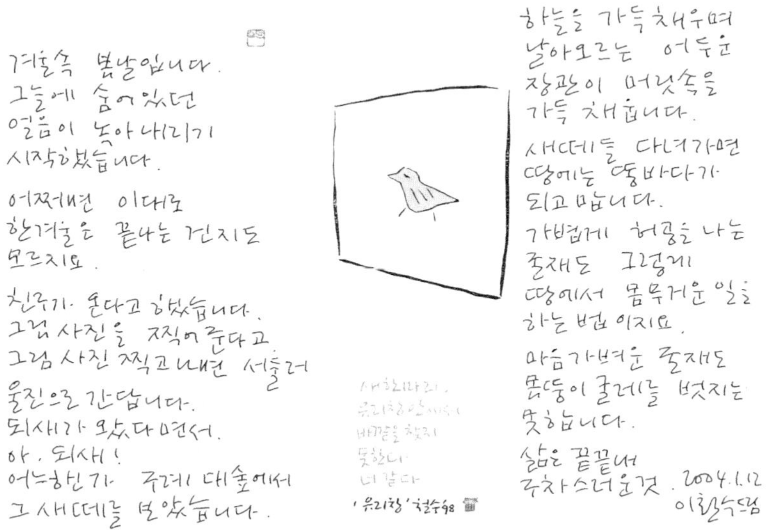

새호라기.
우리창곡 안에서
바깥을 찾지
못하니
네 갇혔다
'유리창' 정수일98

하늘을 가득 채우며
날아오르는 어두운
장관이 머릿속을
가득 채웁니다.

새떼들 다녀가면
땅에는 똥바다가
되고 맙니다.

가볍게 허공을 나는
존재도 그렇게
땅에서 몸무거운 일을
하는 법이지요.

마음 가벼운 존재도
몸뚱이 굴레를 벗지는
못합니다.

삶은 끝끝내
구차스러운 것. 2004.1.12
이철수담

되새

새떼들 다녀가면 땅은 똥 바다가 되고 맙니다.
가볍게 허공을 나는 존재도 그렇게 땅에서 몸 무거운 일을 하는 법이지요.
마음 가벼운 존재도 몸뚱이 굴레를 벗지는 못합니다.
삶은 끝끝내 구차스러운 것.

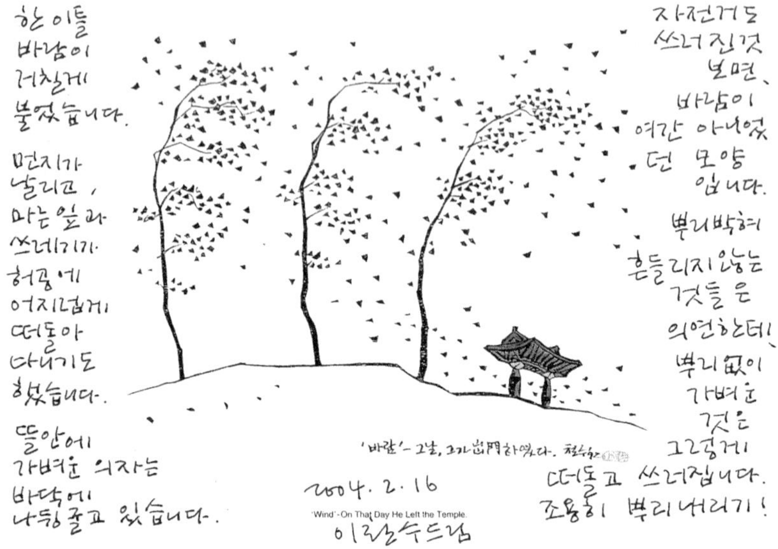

조용히 뿌리내리기!

뜰 안에 가벼운 의자는 바닥에 나뒹굴고 있습니다.
자전거도 쓰러진 것 보면, 바람이 여간 아니었던 모양입니다.
뿌리 박혀 흔들리지 않는 것들은 의연한데,
뿌리 없이 가벼운 것은 그렇게 떠돌고 쓰러집니다.

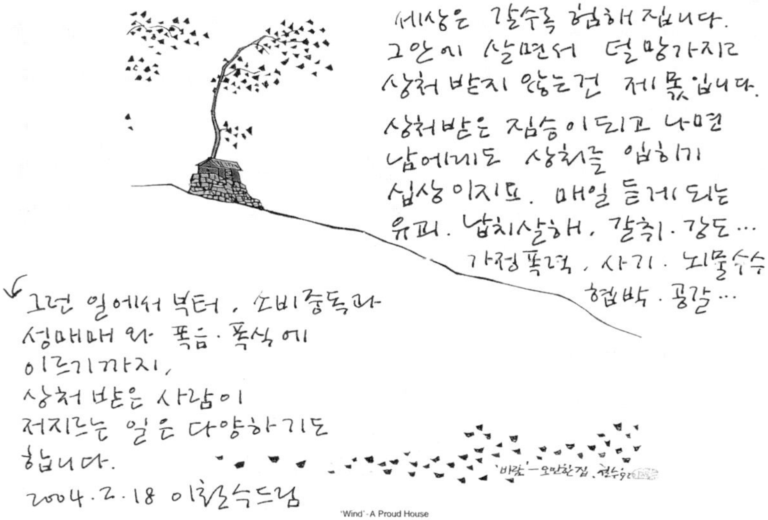

세상은 갈수록 험해집니다.
그 안에 살면서 덜 망가지고
상처 받지 않는건 제 못입니다.

상처받은 짐승이 되고 나면
남에게도 상처를 입히기
십상이지요. 매일 듣게 되는
유괴. 납치살해. 갈취. 강도…
　　　가정폭력. 사기. 뇌물수수
　　　협박. 공갈…

그런 일에서 부터, 소비중독과
성매매 와 폭음·폭식 에
이르기까지,
상처 받은 사람이
저지르는 일은 다양하기도
합니다.
2004.2.18 이철호 드림

'Wind'·A Proud House

상처 받은 짐승

세상은 갈수록 험해집니다.
그 안에 살면서 덜 망가지고 상처 받지 않는 건 제 못입니다.
상처 받은 짐승이 되고 나면 남에게도 상처를 입히기 십상이지요.

봄처럼
따뜻한
늦겨울 오후,
서혼충이 빠질 무렵,
가난한 시골
고샅길에서
노인들 산책하시는
뒷모습 보았습니다.

겨울 가난과 답답함을
겨울 한낮 햇볕에
넣어 두시려고
밖으로 나오신 모양입니다.

힘겨워보이는 걸음걸이로
어디까지
다녀가시려는지?

봄외전 그 몸으로

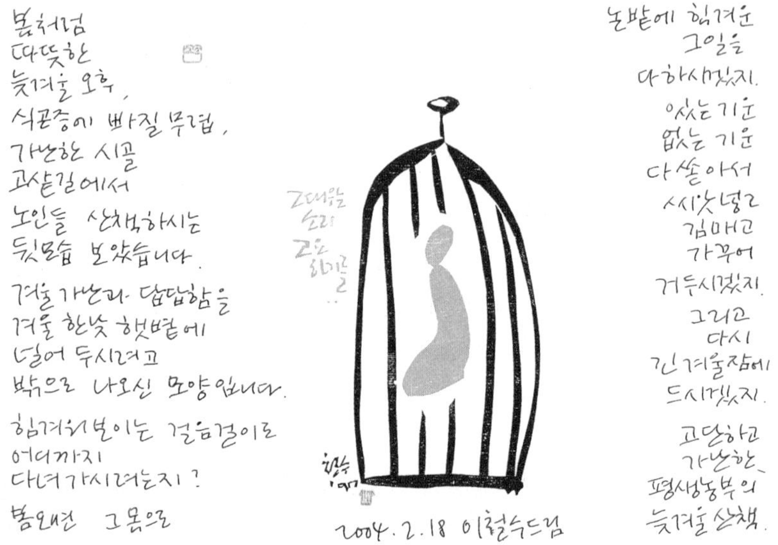

그대몸
소리
그몸
하고

2004. 2. 18 이철수드림

논밭에 힘겨운
그일을
다하시겠지.
있는 기운
없는 기운
다 쏟아서
씨앗넣고
김매고
가꾸어
거두시겠지.
그리고
다시
긴 겨울잠에
드시겠지.

고달프고
가난한,
평생농부의
늦겨울 산책.

평생 농부

힘겨워 보이는 걸음걸이로 어디까지 다녀가시려는지?
봄 오면 그 몸으로 논밭에 힘겨운 그 일을 다 하시겠지.
있는 기운 없는 기운 다 쏟아서 씨앗 넣고 김매고 가꾸어 거두시겠지.
그리고 다시 긴 겨울잠에 드시겠지.

내년이
팔순이신
아버지가
귀 어두워지시면서
부쩍 말이 없어
지셨습니다.
그 다채롭던
이야기 보따리들
어디다 두고
이러시나 싶기도 하고,
가끔은
인생의 마무리를
이렇게 하시려는가
염려스럽기도
합니다.
일전에

말라 밑터진 수세미
눈물이 흐르나
검버섯 피어서
하지만 가을길
봄이, 이 허전함을
겨울기다리자고 울기에
하겠는가
'겨울수세미'
천은정 93

2004. 2. 19
이창숙 드림

다니러 오셨던
날에도
서늘한 창밖을
하염없이
바라보고
서 계셨습니다.
당신이 보고
계신 그 창밖에
무엇이
있더냐고
여쭙지는
못했습니다.
노경의 마음 들어
겨울바람처럼 다녀
가는 이야기들이
많으셨을 터인데…

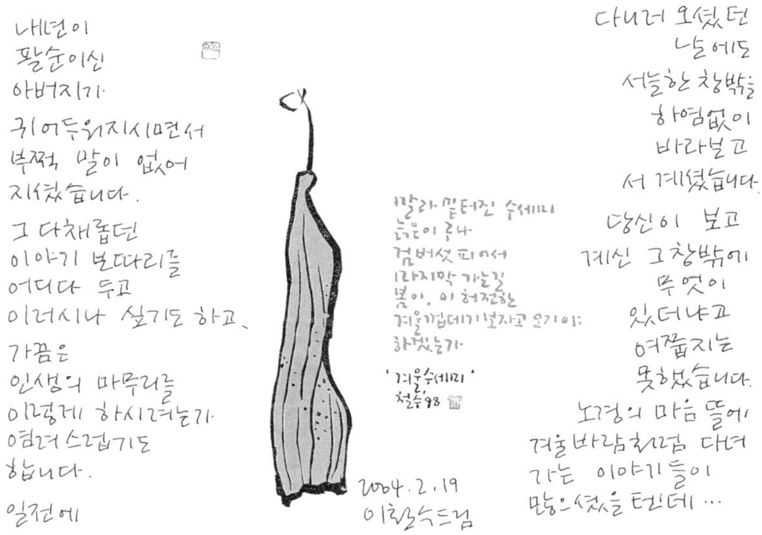

아버지

내년이 팔순이신 아버지가 귀 어두워지시면서 부쩍 말이 없어지셨습니다.
일전에 다니러 오셨던 날에도
서늘한 창밖을 하염없이 바라보고 서 계셨습니다.
당신이 보고 계신 그 창밖에 무엇이 있더냐고 여쭙지는 못했습니다.

참오랫만에
옛친구의 목소리를 들었습니다.
글을 쓰는 사람이었는데,
이제는 돈을 버는 일을 한다고
했습니다.
신혼여행처럼, 색시감을 데려고
데려가기도 했는데…
하던 일을 내버려하면서
살아가기가 쉽지 않은가 봅니다.
한우물을 파면서 살수 없게 만드는
사회, 불안정하고 들떠 있는
사회지요.
요즘은 낯익은 이름들이
정치판으로 뛰어드는 것을
자주 봅니다.
나이도 들만큼 들고,

하던 일에서도 꽤
얻는것이 있는 사람들
인데 그렇게 자리를
옮겨 앉느게 신기합니다.

하던일이, 나머지
인생을 다 바쳐서
할만해 지지
않았을까?
하는
생각입니다.

젊음 힘과 열정을
다 쏟았을 그일을
과거사로 돌리고,
새롭게 시작하는
것이, 한 사람의
인생에서 어떤
의미가 있을까?
궁금하기 짝이 없습니다.

찻잔을 깨뜨렸다-
- 님의 생애를 망가뜨렸을까?
석수 최수우
2004.2.24

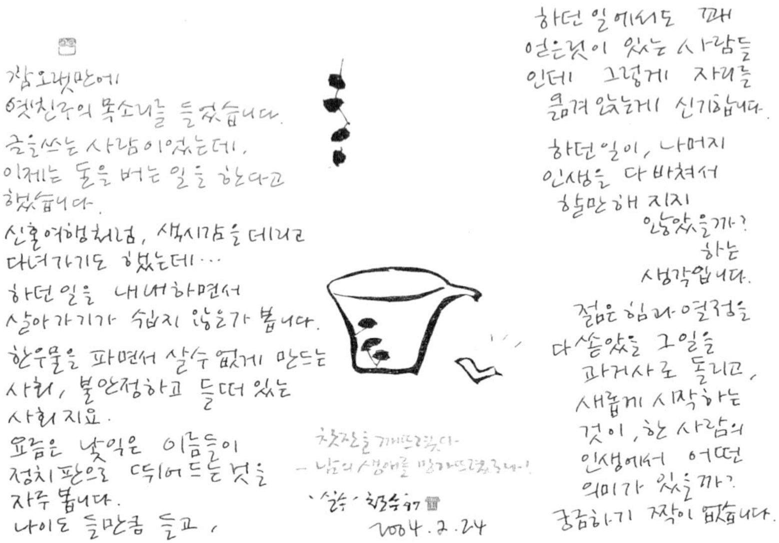

하던 일

요즘은 낯익은 이름들이 정치판으로 뛰어드는 것을 자주 봅니다.
나이도 들 만큼 들고, 하던 일에서도 꽤 얻은 것이 있는 사람들인데
그렇게 자리를 옮겨 앉는 게 신기합니다.
하던 일이, 나머지 인생을 다 바쳐서 할 만해지지 않았는가?
하는 생각입니다.

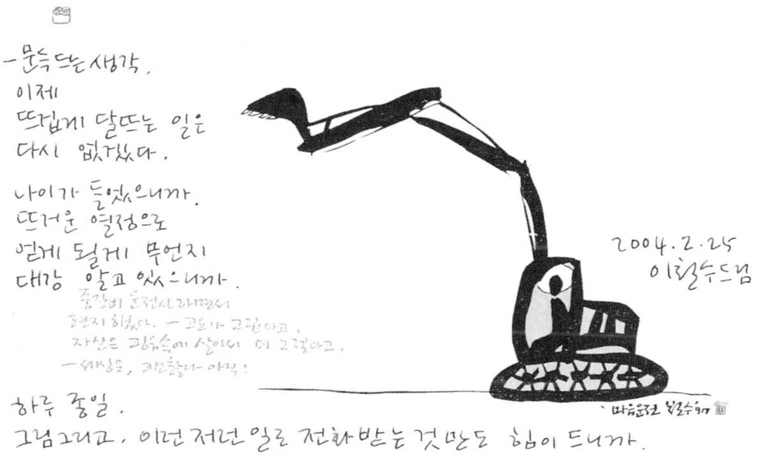

- 문득 드는생각,
이제
뜨겁게 달뜨는 일은
다시 없겠었다.

나이가 들었으니까.
뜨거운 열정으로
얻게 될게 무언지
대강 알고 있으니까.

2004. 2. 25
이철수 드림

하루 종일.
그림그리고, 이런 저런일로 전화받는 것만도 힘이 드니까.

문득 드는 생각

이제 뜨겁게 달뜨는 일은 다시 없겠다.
나이가 들었으니까.
뜨거운 열정으로 얻게 될 게 무언지 대강 알고 있으니까.
하루 종일 그림 그리고, 이런저런 일로 전화 받는 것만도 힘이 드니까.

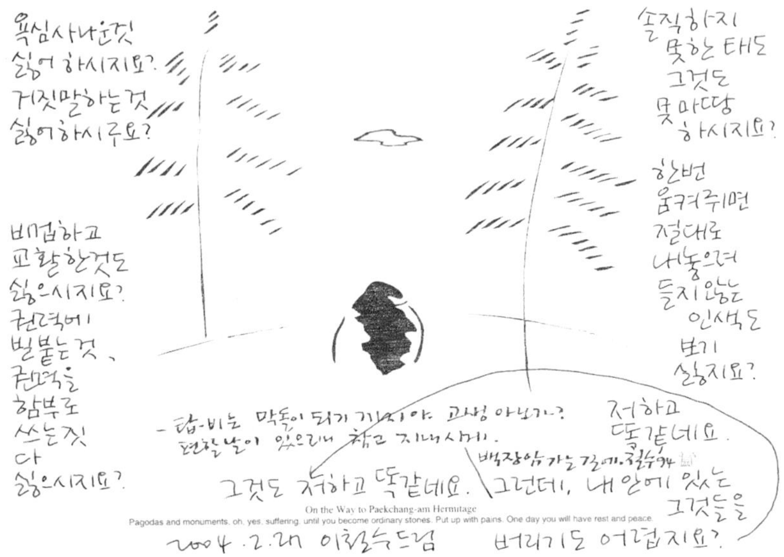

욕심사나운것
싫어 하시지요?
거짓말하는 것
싫어하시구요?

비겁하고
교활한것도
싫으시지요?
권력에
빌붙는 것,
권력을
함부로
쓰는것
다
싫으시지요?

솔직하지
못하는 태도
그것도
못마땅
하시지요?

한번
움켜쥐면
절대로
내놓으려
들지 않는
인색도
보기
싫으시지요?

- 탑-비는 막돌이 되기 기다려야 교생 아닌가?
편한날이 있으리니 참고 지내시게.

그것도 저하고 똑같네요.

저하고
똑같네요.
백장암 가는 길에,철수94
그런데, 내 안에 있는
그것들을
버리기도 어렵지요?

On the Way to Paekchang-am Hermitage
Pagodas and monuments, oh, yes, suffering, until you become ordinary stones. Put up with pains. One day you will have rest and peace.

2004. 2. 27. 이철수드림

똑같네요

욕심 사나운 것 싫어하시지요? 거짓말하는 것 싫어하시지요?

……

저하고 똑같네요.

그런데, 내 안에 있는 그것들을 버리기도 어렵지요?

그것도 저하고 똑같네요.

오늘 밤은 여주로 하늘에 시가 없습니다. 별이 없어서.
흐렸습니다. 날이 .
스스로 별이되기 어려우니
우리함께
별자리 만들기도
어렵겠습니다.

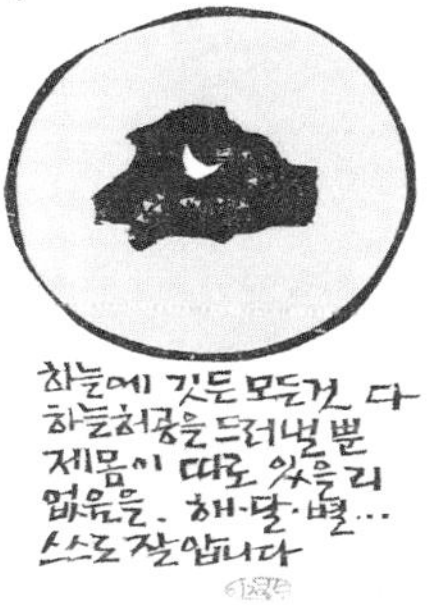

하늘에 깃든 모든것 다
하늘허공을 드러낼뿐
제몸이 따로 있을리
없음을. 해·달·별...
스스로 잘압니다

밤하늘에
남들이 켜놓은 밝은 별이나 많기를 기다립니다.
자주 이승떠난 사람들 소식을 듣게 됩니다.
오늘은 지는 별 조차 확인하지 못하는 . 흐린날 이었습니다
2004. 2.28 이철수드림

흐린 날

스스로 별이 되기 어려우니 우리 함께 별자리 만들기도 어렵겠습니다.
밤하늘에 남들이 켜놓은 밝은 별이나 많기를 기다립니다.
자주 이승 떠난 사람들 소식을 듣게 됩니다.
오늘은 지는 별조차 확인하지 못하는 흐린 날이었습니다.

라일락이 피었습니다. 연보라 고운 봄꽃입니다.
밝고 아름다운데, 제 자랑하는 듯도 보이는데, 미운 구석이 없습니다.
오늘은 다 잊고 꽃하고 나하고 앉아 있고 싶습니다.

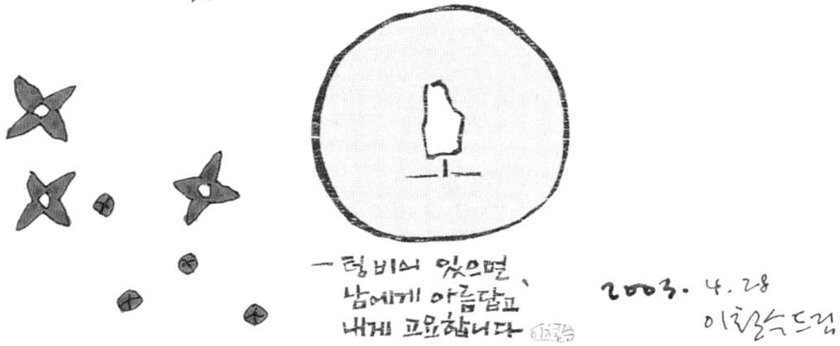

— 뒤비어 있으면,
남에게 아름답고
내게 고요합니다

2003. 4. 28
이철수 드림

저도 잠깐 피었다 지고, 나도 잠시 살다가는 길이니
오늘은 길동무 하는 셈치지요. 꽃소식 전해 드리려고 엽서 적습니다.
비야 오거나 말거나. 꽃피우는 마음이 꽃보다 더 고요들합니다.
꽃보다 웃으시기 바랍니다. 봄날이 내내 꽃 같으시기를 바랍니다.
봄이야기 만물이 나눔의 즐거움이 바랍니다. 자주 엽서 드리겠습니다.

꽃 소식

라일락이 피었습니다. 연보라 고운 봄꽃입니다.

밝고 아름다운데, 제 자랑하는 듯도 보이는데, 미운 구석이 없습니다.

저도 잠깐 피었다 지고, 나도 잠시 살다 가는 길이니

오늘은 길동무하는 셈 치지요.

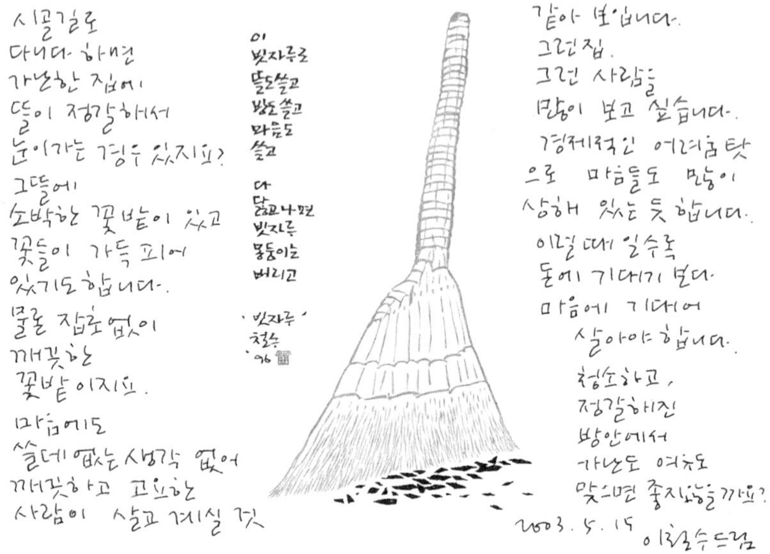

시골길로
다니다 하면
가난한 집이
뜰이 정갈해서
눈이가는 경우 있지요?
그뜰에
소박한 꽃밭이 있고
꽃들이 가득 피어
있기도 합니다.
물론 잡초없이
깨끗한
꽃밭이지요.

마음에도
쓸데 없는 생각 없어
깨끗하고 고요한
사람이 살고 계실 것

이
빗자루로
뜰도쓸고
방도쓸고
마음도
쓸고

다
닳고나면
빗자루
뭉툭이는
버리고

· 빗자루 ·
청소
'06

같아 보입니다.
그런 집.
그런 사람을
많이 보고 싶습니다.
경제적인 어려움탓
으로 마음들도 많이
상해 있는 듯합니다.
이럴 때 일수록
돈에 기대기 보다
마음에 기대어
살아야 합니다.

청소하고,
정갈해진
방안에서
가난도 여유도
맞으면 좋지않을까요?

2003. 5. 15
이외수드림

청소

경제적인 어려움 탓으로 마음들도 많이 상해 있는 듯합니다.
이럴 때일수록 돈에 기대기보다 마음에 기대어 살아야 합니다.
청소하고, 정갈해진 방 안에서 가난도 여유도 맞으면 좋지 않을까요?

논에 모가 자라고 있어 자주 들여다 봅니다. 아직은 어린 아이같이
여린 모라 뜨거운 기운에 쉽게 상하고 말라 버립니다.
물이 모자라면 젖배 곯은 아기처럼 시들해져 버리기도 일쑤지요.
그래서,
방금 나가서 논에 물을
대고 왔습니다.
뜨거운 날씨에
시원한 물로 목마름을   몸은 바지런히 움직이고
씻으라는 듯이. 논에 물대고 나서   마음은 조용하고 편안
                            하시기를…
                               2003. 5. 16
그득한 물위에 송화가루 같은   이형수 드림
노란 꽃가루가 자욱하게 떠
있습니다. 무성한 나무와 숲에서 생명이 부지런히 살아가고
있는 것을 깨닫습니다.
봄풍경이 생명의 처음 모습을 경험할 것만 같습니다.
그 흐름은 한시도 쉬지 않습니다. 무상한 것이지요.
우리도 그와같이 쉬지 않습니다. 마음대로 나태하고 권태스러울 때름.

모

아직은 어린아이같이 여린 모라 뜨거운 기운에 쉽게 상하고 말라버립니다.
물이 모자라면 젖배 곯은 아기처럼 시들해져버리기도 일쑤지요.
그래서, 방금 나가서 논에 물을 대고 왔습니다.

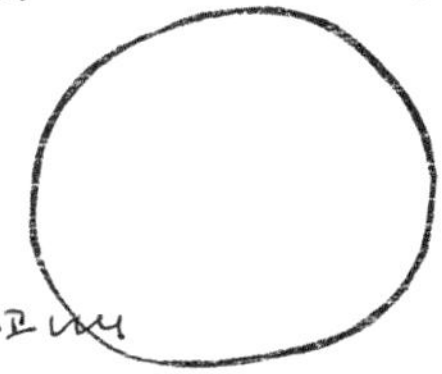

제 딸아이가 작은 빵집 앞을 지나면서 우러창너머로 보았다는 재미있는 풍경하나. 빵집 주인 아주머니가 어떤 사내아이를 혼내고 있었다는더요. 바게트라는 긴 빵을 몽둥이처럼 들고 어떤 아이 궁둥이를 때리더랍니다.

몇차례 빵세례를 받고 들어가 버린 아이 뒤끝서, 아주머니는 바게트를 바게트 담아두는 통안으로 가볍게 던져넣고 볼일을 보았다던가.

빵집 아이는 빵으로 얻어맞으며 자라고, 꽃집 아이는 꽃다발로 얻어맞으며 자라는 걸까요?

하긴 부모의 직업이 아이들의 환경이 되기 일쑤지요. 부모의 성격도 더 결정적인 환경입니다. 모처럼 내린 비로 세상이 깨끗해졌습니다. 만상이 환생한 기분이 나 있는 듯 합니다. 고맙습니다.

잠. 우리가 함께! 있어
아름다운곳
— 잠시 잠드는곳

— 반드시
나라...
따뜻한 품으로
돌아오시기를 …
2003. 5. 25
이청수
드림

빵 세례

빵집 주인 아주머니가 어린 사내아이를 혼내고 있었다는데요.
바게트라는 긴 빵을 몽둥이처럼 들고 어린아이 궁둥이를 때리더랍니다.
빵집 아이는 빵으로 얻어맞으며 자라고,
꽃집 아이는 꽃다발로 얻어맞으며 자라는 걸까요?

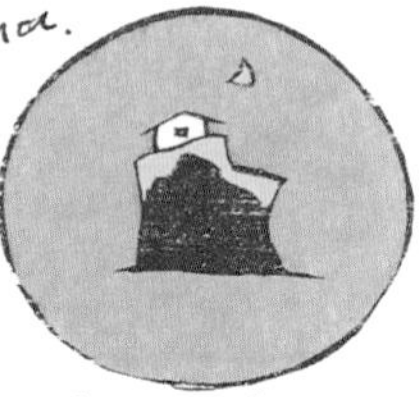

방아를 찧으느라 창고에 갔었다가 보도블럭 틈에 자리잡은 명아주며 풀들을 뽑아 주었습니다. 갓 뿌리내린 것는 쉽게 뽑히지만 터잡고 있는 놈들은 고집스럽게 제 자리를 지키려고 듭니다. 가는에 뿌리 나리는 것도 생명의 지혜입니다. 거기서도 꽃이 피고 씨가 맺히고 하는것을 …

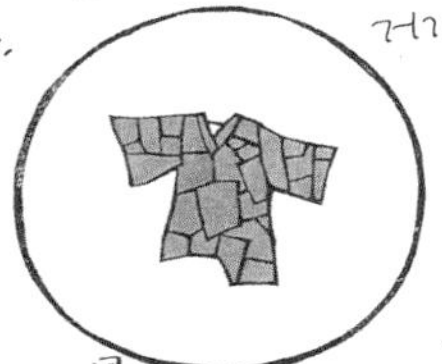

낡으면 옷가지
꿰매 입는것·기품

2003. 5. 31
이철수 드림

가는은 참 힘겨운 것이지요. '신용불량자 300만 시대 …' '하는 글을 보았습니다. 다들 사정이 있어 거기까지 내 몰린 것이리라 짐작합니다. 형편이 크게 나아질것 같지 않다는 이야기도 들립니다. 이제 '가는' 도 배우고, '기품 있는 가는' 도 생각해 보아야 할 때가 된듯 합니다. 많이쓰고 많이 갖추어서 되는 품위도 있지만 비우고 간결해져서야 얻는 기품도 있는 것 아시지요. 바람이 참 좋은 날 입니다.

가난

'신용불량자 300만 시대……' 하는 글을 보았습니다.

이제 '가난'도 배우고,

'기품 있는 가난도 생각해보아야 할 때가 된 듯합니다.

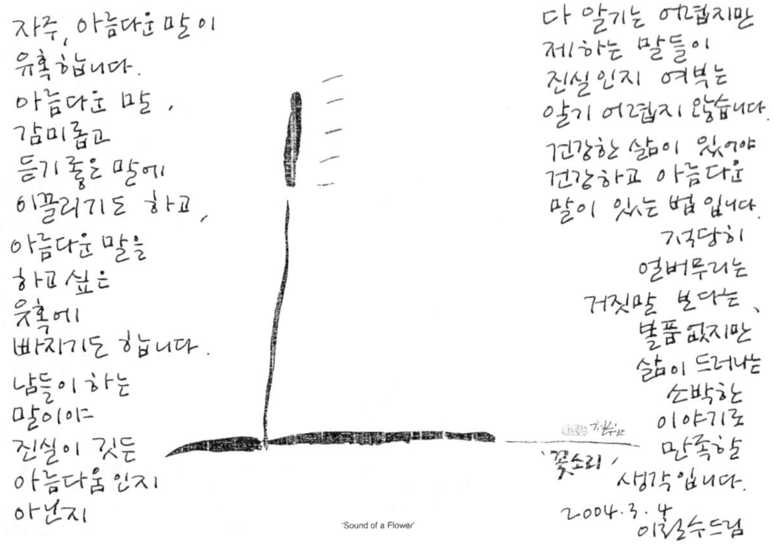

자주, 아름다운 말이
유혹합니다.
아름다운 말,
감미롭고
듣기좋은 말에
이끌리기도 하고,
아름다운 말을
하고 싶은
유혹에
빠지기도 합니다.
남들이 하는
말이야
진실이 깃든
아름다움인지
아닌지

다 알기는 어렵지만
제하는 말들이
진실인지 여부는
알기 어렵지 않습니다.
건강한 삶이 있어야
건강하고 아름다운
말이 있는 법 입니다.
거창하게
얼버무리는
거짓말 보다는,
볼품 없지만
삶이 드러나는
소박한
이야기로
만족할
생각입니다.
2004. 3. 4
이철수 드림

'꽃소리'

'Sound of a Flower'

아름다운 말

자주, 아름다운 말이 유혹합니다.
남들이 하는 말이야 진실이 깃든 아름다움인지 아닌지 다 알기는 어렵지만
제 하는 말들이 진실인지 여부는 알기 어렵지 않습니다.

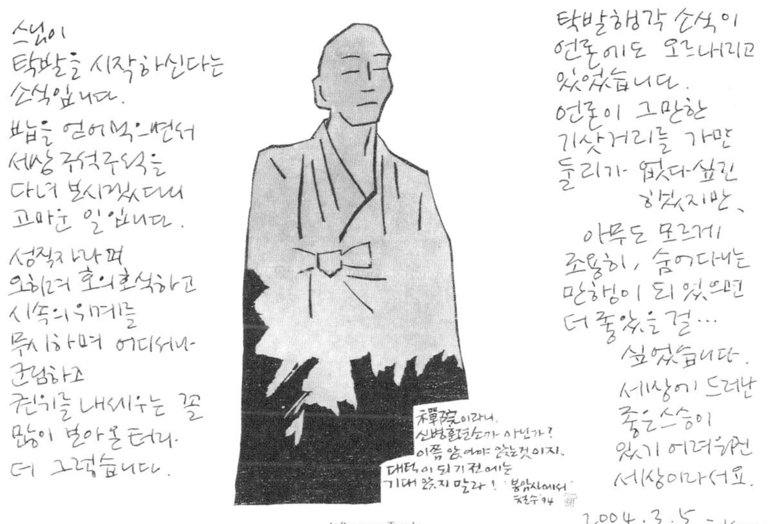

禪院이라서. 신병훈련소가 아닌가? 이쯤 앉아야 앉는것이지. 대덕이 되기 전에는 기대앉지 말라! 봉암사에서 철수 '04

At Pongam-sa Temple
A Seon(Zen) monastery? Isn't this a recruit training center? Sitting this much can be called sitting. Until you become a great master, don't sit leaning on anything.

스님이 탁발을 시작하신다는 소식입니다. 밥을 얻어먹으면서 세상 구석구석을 다녀 보시겠다니 고마운 일입니다. 성직자라며 오히려 호의호식하고 시속의 위계를 무시하며 어디서나 군림하고 권위를 내세우는 꼴 많이 보아온 터라 더 그렇습니다.

탁발행각 소식이 언론에도 오르내리고 있었습니다. 언론이 그만한 기삿거리를 가만 둘리가 없다 싶긴 했었지만, 아무도 모르게 조용히, 숨어다니는 만행이 되었으면 더 좋았을 걸... 싶었습니다. 세상이 드러난 좋은 스승이 있기 어려운 세상이라서요.

2004.3.5 이철수님

탁발

스님이 탁발을 시작하신다는 소식입니다.
밥을 얻어먹으면서 세상 구석구석을 다녀보시겠다니 고마운 일입니다.
성직자라며 오히려 호의호식하고 시속의 위계를 무시하며
어디서나 군림하고 권위를 내세우는 꼴 많이 보아온 터라 더 그렇습니다.

비싼 밥을
먹었습니다.

살다보니
남들에게
신세를질일도 있고
때로는
인사를하여야할 때도
있습니다.
턱없이 비싸기만한
밥이라고
별것이 있는지 없는데
비싸내까
인사가 되었다고
느끼는 것인가 봅니다.
오래전에
술값이 비싼 집에서
술한상을 대접받은 일이

앉았습니다. 값비싼
술자리란게 사람을
많이불편하게 하는
자리인것을 깨닫게한
날이었습니다. 이후로
한번도 그렇게
불편한 자리에
가본지 않았습
니다.

언젠가 값비싼
횟집에서도 그런
경험을 하였습니다.
다시는 혼자스런
밥집에 걸음하지
않겠다고 생각
하였던데…
순대국밥 먹고 나면
참 좋은데…

됫박
비어도 차도
항아리

'됫박'
김수 '98

2004. 3. 6
이철수드림

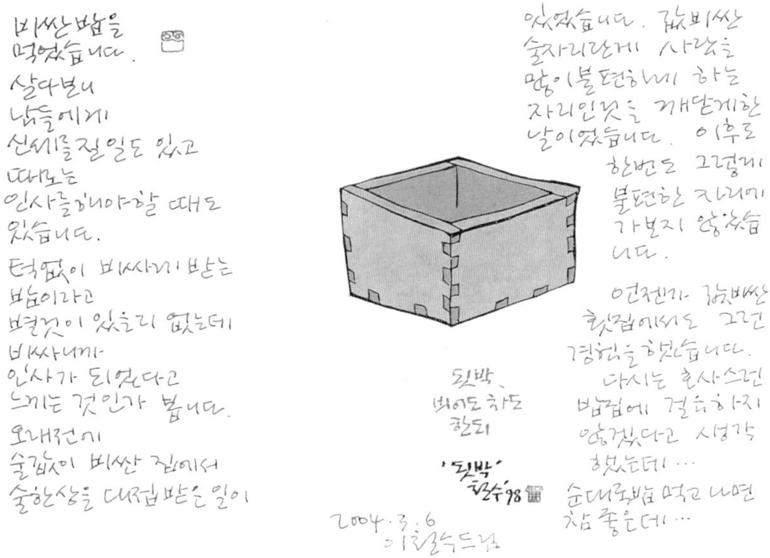

비싼 밥

오래전에 술값이 비싼 집에서 술 한 상을 대접받은 일이 있었습니다.
값비싼 술자리란 게
사람을 많이 불편하게 하는 자리인 것을 깨닫게 한 날이었습니다.
언젠가 값비싼 횟집에서도 그런 경험을 했습니다.
순대국밥 먹고 나면 참 좋은데…….

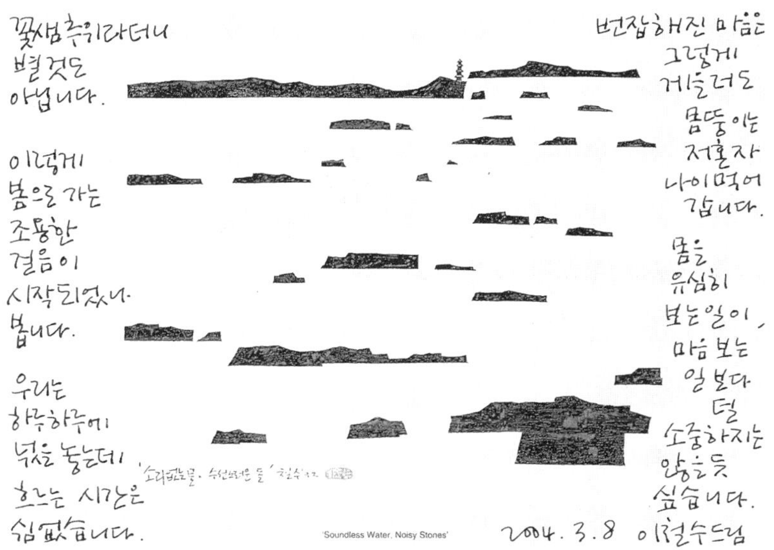

꽃샘추위라더니 별 것도 아닙니다.

이렇게 봄으로 가는 조용한 걸음이 시작되었나 봅니다.

우리는 하루하루에 넋을 놓는데, 흐르는 시간은 쉼 없습니다.

번잡해진 마음은 그렇게 게을러도 몸뚱이는 저 혼자 나이 먹어 갑니다.

몸을 유심히 보는 일이, 마음 보는 일보다 덜 소중하지는 않을 듯 싶습니다.

'소리없고 수선떠는 돌 '침묵'??

'Soundless Water. Noisy Stones'

2004. 3. 8 이철수 드림

몸을 보는 일

우리는 하루하루에 넋을 놓는데 흐르는 시간은 쉼 없습니다.
번잡해진 마음은 그렇게 게을러도 몸뚱이는 저 혼자 나이 먹어갑니다.
몸을 유심히 보는 일이, 마음 보는 일보다 덜 소중하지는 않을 듯싶습니다.

사람이 만든
복잡한 물건의
대명사 격인 자동차를 몰다가

폭설에 갇혀
오도가도 못하고
고속도로에서
지내는 일.

그게 우리 현대인들의 삶을
극명하게 요약하여
보여 준 것이 아닌가
싶습니다.

컴퓨터를 통해
온갖 일을 다한다고
내대다가
바이러스에 빠져
허우적대는 일도

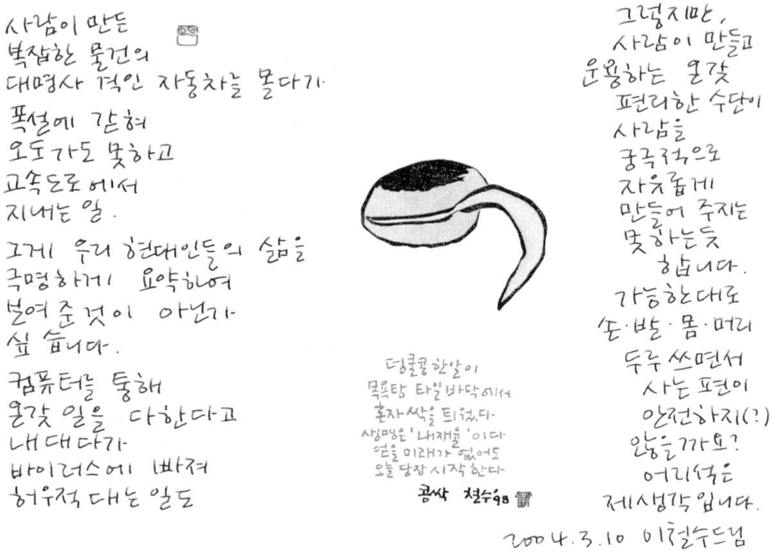

덩쿨콩 한알이
목욕탕 타일 바닥에서
혼자 싹을 틔웠다.
생명은 '내재적' 이다.
옆을 미래가 없어도
오늘 당장 시작한다.

콩싹 철수 48

그렇지만,
사람이 만들고
운용하는 온갖
편리한 수단이
사람을
궁극적으로
자유롭게
만들어 주지는
못하는 듯
합니다.

가능한대로
손·발·몸·머리
두루 쓰면서
사는 편이
안전하지(?)
않을까요?
어리석은
제생각입니다.

2004. 3. 10 이철수드림

두루

컴퓨터를 통해 온갖 일을 다 한다고 나대다가

바이러스에 빠져 허우적대는 일도 그렇지만,

사람이 만들고 운용하는 온갖 편리한 수단이

사람을 궁극적으로 자유롭게 만들어주지는 못하는 듯합니다.

가능한 대로 손, 발, 몸, 머리 두루 쓰면서 사는 편이 안전하지(?) 않을까요?

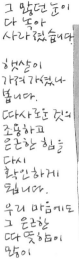

그 많던 눈이
다 녹아
사라졌습니다

햇살이
가져가셨나
봅니다.
따사로운 것의
조용하고
은근한 힘을
다시
확인하게
됩니다.
우리 마음에도
그 은근함
따뜻함이
많이

오시기를.
뒤란에 쌓은
땔감보다
마음풍살을
햇솜 같은
온기가
더 많아
지기를…

그래서,
용서하고
받아들이고
이해하고
거들고
화해하고
너그러워
지게
되기를…

'The Sun' - Piles of Firewood

2004.3.11
이철수드림

온기

그 많던 눈이 다 녹아 사라졌습니다.
햇살이 가져가셨나 봅니다.
따사로운 것의 조용하고 은근한 힘을 다시 확인하게 됩니다.
뒤란에 쌓은 땔감보다 마음에 쌓은 햇솜 같은 온기가 더 많아지기를…….

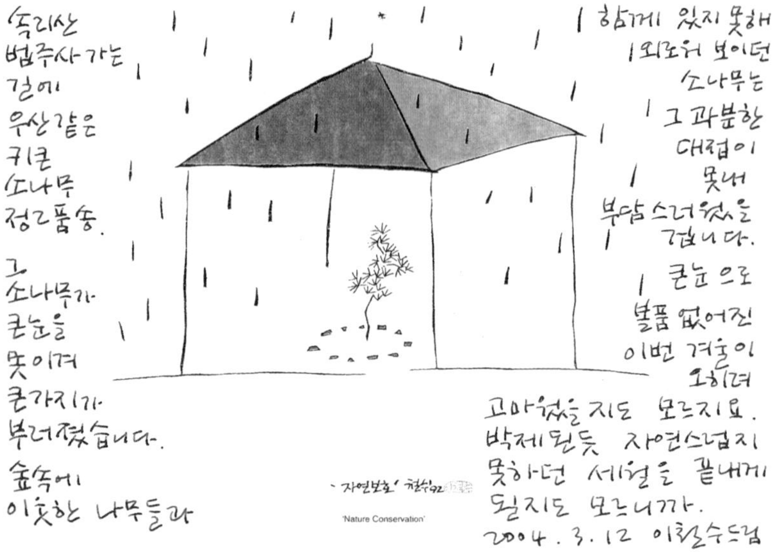

속리산
법주사 가는
길에
우산 같은
키 큰
소나무
정2품송.

그
소나무가
큰눈을
못이겨
큰가지가
부러졌습니다.

숲속에
이웃한 나무들과

함께 있지 못해
외로워 보이던
소나무는
그 과분한
대접이
못내
부담스러웠을
겁니다.

큰눈으로
볼품 없어진
이번 겨울이
오히려

고마웠을지도 모르지요.
박제된듯 자연스럽지
못하던 세월을 끝내게
될지도 모르니까.
2004. 3. 12 이희수드림

'자연보호' 정2품송

'Nature Conservation'

소나무 정2품송

속리산 법주사 가는 길에 우산 같은 키 큰 소나무 정2품송.
그 소나무가 큰 눈을 못 이겨 큰 가지가 부러졌습니다.
숲 속에 이웃한 나무들과 함께 있지 못해 외로워 보이던 소나무는
그 과분한 대접이 못내 부담스러웠을 겁니다.

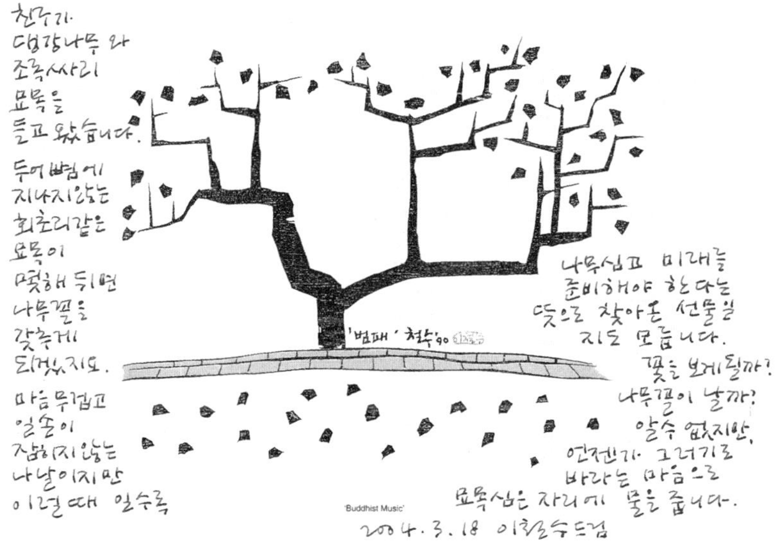

묘목

친구가 댕강 나무와 조록 싸리 묘목을 들고 왔습니다.
꽃을 보게 될까? 나무 꼴이 날까? 알 수 없지만,
언젠가 그러기를 바라는 마음으로 묘목 심은 자리에 물을 줍니다.

하시던 일 서둘러 마치시고, 오늘저녁에는 시간좀 내시지요.
차물고 넓적 매화 보러 가는일도 좋고, 친구들 만나 시절이야기
하며 술한잔하는 것도 좋기야 합니다마는, 살다하면 다른
일 다 접고, 이웃들과
함께, 동시대인으로
해야하는 소중한 일
파해서 안될 자리도
있는 법이지요.
당신이 그자리에
함께 계셨으면 합니다.
낯설지만,
그자리에 그시간에
함께 왔어서 반갑고

있으면, 그것만으로도
행복해지지 않을까
싶었습니다.
죄송하고.
감사하고. 2004.3.20
이철수드림

해돋는곳 하늘뿐일까
마음:
해바라기
이철수

서로 고맙기도 일이, 이런 시국에 촛불켜는 마당 아닌가 싶습니다.
매일 그러자고 하는 성격은 아닙니다. 오늘은 다같이 마음을
모아 보면 좋을 듯 해서요. 거친 몸싸움은 아니어야지요. 그저
촛불 하나 밝혀 들고, 우리 서로 소중한 사람인것 확인할 수

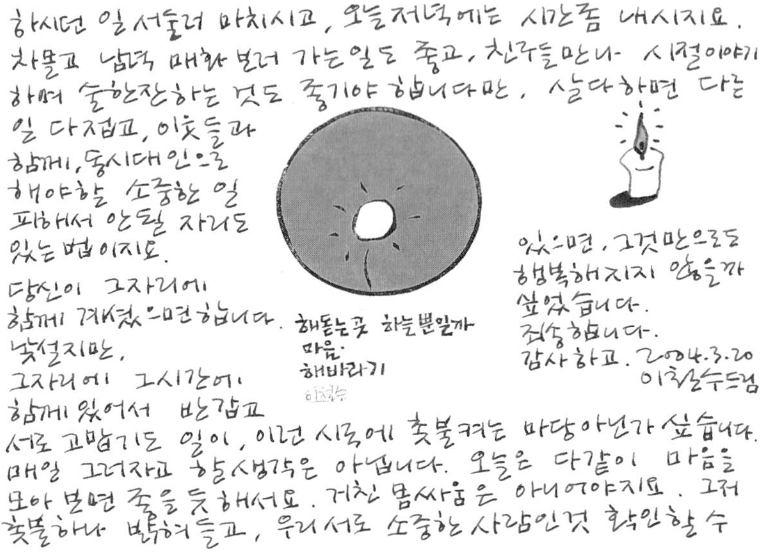

촛불 하나

당신이 그 자리에 함께 계셨으면 합니다.
낯설지만, 그 자리에 그 시간에
함께 있어서 반갑고 서로 고맙기도 하는 일이,
이런 시국에 촛불 켜는 마당 아닌가 싶습니다.

아직 시작입니다. 천천히. 조심스럽게 가야합니다. 그래야
할것 같습니다. 정치인들이이 연,다른 계산이 있으시겠지요.
'마중물' 이라는 말 아시나요? 모터나 펌프로 샘물을 길어 올릴때
공기압축을 위해 처음 부어넣는 바가지물 한 그릇을 이르는 말입니다.

물내려가 버린 '뽐뿌'에
물을 붓고나서 부지런히
'뽐뿌질'을 하다 보면
어느순간 깊은 샘에서
물이 올라오기 시작합니다.
그대쯤은 펌프 지렛대를
고르게 눌러도 수월하게
물이 쏟아지지요.
첫물은 대개 더러워서

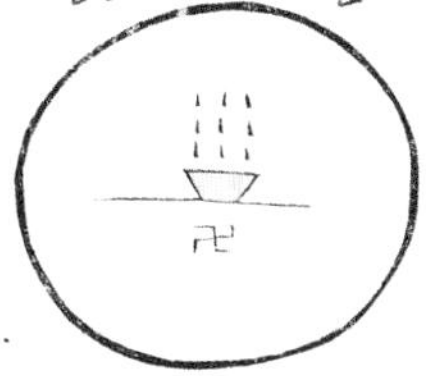

정결한 물 한그릇
하늘이 내듯
마음가리 늘...
다정해야 합니다

아직은,
마중물입니다.

2004. 3. 20
이천수 드림

못쓰고, 한소끔 쏟아 버리고 나면 먹을 수 있는 맑은물이 나옵니다.
어쩌면 지금 우리들의 작은 목소리, 힘겨운 참여가, 다음세대나
더긴 앞날을 위해 쏟아 붓는 마중물 인지도 모릅니다.
이건 우리들 몫입니다. 천천히, 지혜롭게, 그러나 분명하고 단호하게!

마중물

'마중물'이라는 말 아시나요?
첫물은 대개 더러워서 못 쓰고,
한 소끔 쏟아버리고 나면 먹을 수 있는 맑은 물이 나옵니다.
어쩌면 지금 우리들의 작은 목소리, 힘겨운 참여가,
다음 세대나 더 긴 앞날을 위해 쏟아 붓는 마중물인지도 모릅니다.

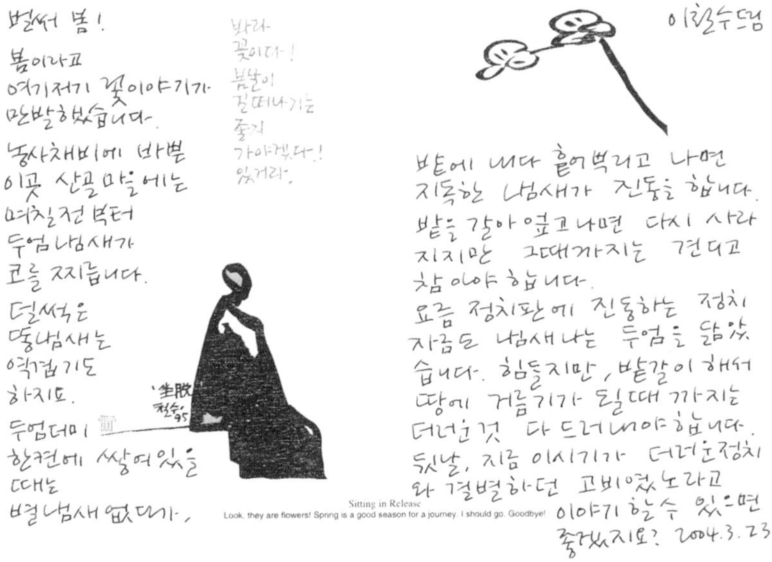

벌써 봄!

봄이라고
여기저기 꽃이야기가
만발했습니다.

농사채비에 바쁜
이곳 산골마을에는
며칠전 부터
두엄 냄새가
코를 지집니다.

덜썩은
똥냄새는
역겹기도
하지요.

두엄더미
한켠에 쌓여있을
때는
별 냄새 없더니.

봐라
꽃이다!
봄날이
깃떠나기는
좋은
가야겠다!
있거라.

Sitting in Release
Look, they are flowers! Spring is a good season for a journey. I should go. Goodbye!

이힝수덤

밭에 내다 흙의뿌리고 나면
지독한 냄새가 진동을 합니다.
밭을 갈아엎고나면 다시 사라
지지만 그때까지는 견디고
참아야 합니다.
요즘 정치판에 진동하는 정치
자금도 냄새나는 두엄을 닮았
습니다. 힘들지만, 밭갈이해서
땅에 거름기가 될때 까지는
더러운것 다 드러내야 합니다.
뒷날, 지금 이시기가 더러운정치
와 결별하던 고비였노라고
이야기 할수 있으면
좋겠지요? 2004. 3. 23

두엄

농사 채비에 바쁜 이곳 산골마을에는 며칠 전부터 두엄 냄새가 코를 찌릅니다.
덜 썩은 똥 냄새는 역겹기도 하지요.
요즘 정치판에 진동하는 정치자금도 냄새나는 두엄을 닮았습니다.

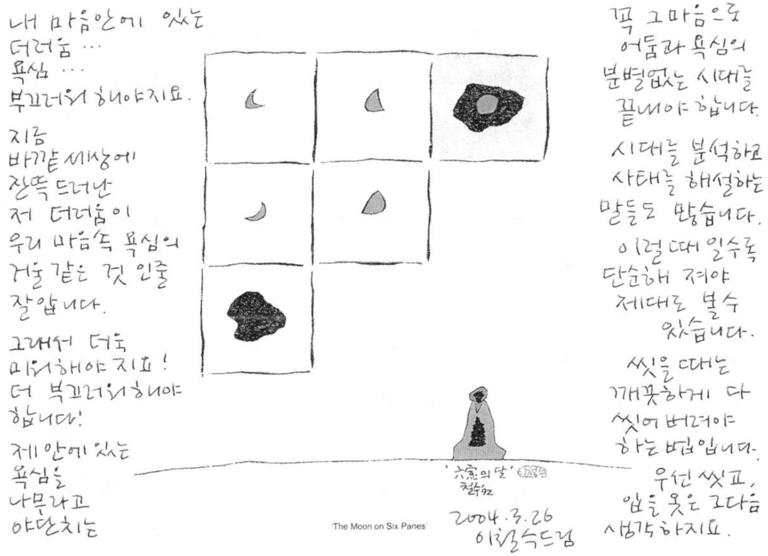

내 마음안에 있는
더러움 …
욕심 …
부끄러워 해야지요.

지금
바깥세상에
잔뜩 드러난
저 더러움이
우리 마음속 욕심의
거울 같은 것인줄
잘 압니다.

그래서 더욱
미안해야지요!
더 부끄러워해야
합니다!

제 안에 있는
욕심을
나무라고
야단치는

꼭 그마음으로
어둠과 욕심의
분별없는 시대를
끝내야 합니다.

시대를 분석하고
사태를 해설하는
말들도 많습니다.

이럴때 일수록
단순해져야
제대로 볼수
있습니다.

씻을 때는
깨끗하게 다
씻어 버려야
하는 법입니다.

우선 씻고,
입을 옷은 그다음
생각하지요.

'六窓의 달'
철수92
The Moon on Six Panes
2004. 3. 26
이철수드림

더러움

지금 바깥세상에 잔뜩 드러난 저 더러움이
우리 마음속 욕심의 거울 같은 것인 줄 잘 압니다.
제 안에 있는 욕심을 나무라고 야단치는 꼭 그 마음으로
어둠과 욕심의 분별없는 시대를 끝내야 합니다.

여기 오늘 아침에도 개방 그릇에 물이 얼기 했겠습니다만,
곳곳에 봄꽃이 벌써 환히 피기도 한 것을 보며 왔습니다.
꽃들은 사람세상을 본받지 않는 것이라 때되면 꽃을 피우고
잎을 엽니다.
생각할수록 고마운
자연 축복,
무상의 기쁨이
아닐수 없습니다.

내안에 깃든
생명의 씨앗에도
꽃 있고
생생한 잎이
있는 터.

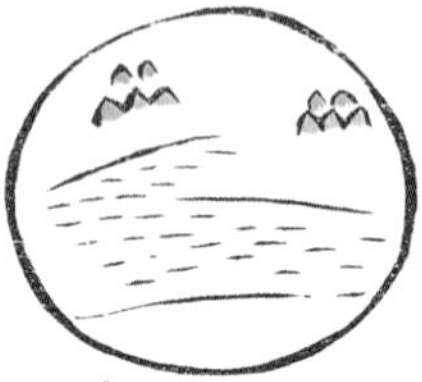

물흐르고 꽃피는 자리
가볍면 기쁠 거다
마음엔 언제나,
― 가까츠
― 花開

2004. 3. 28

멀리 봄나들이 못가시더라도 곁에 온 봄하고 잠시 만나보시
는건 사치랄 것 없습니다. 제 뜰 가도, 수선이 논장이 처럼
작고 나지막한 꽃을 피워서 무거워진 마음을 어루만져 주는듯
했습니다. 꽃답고 여린 잎 닮고 싶어지는 봄 밤에. 이철수드림

봄밤에

꽃들은 사람 세상을 본받지 않는 것이라 때 되면 꽃을 피우고 잎을 엽니다.
내 안에 깃든 생명의 씨앗에도 꽃 있고 생생한 잎이 있는 터.
멀리 봄나들이 못 가시더라도
곁에 온 봄하고 잠시 만나보시는 건 사치랄 것 없습니다.

우리시대에
제일
마음 아픈 일은,
제 속에 있는
온전한
마음 그대로
입을 열어
말하지 못하는
그 일입니다.
옳은말이
설자리를 잃은
비틀린 시대를
오래 살아온
때문이지
싶습니다.
눈치보고
주눅들어서
살다보면

말을 뱉기보다
삼키게 되지요.
기껏 하는말도
또렷한 자기
주장이 되기보다
적당히 눙치고
얼버무려 하는
흐리멍덩한
말이 되기 십상
입니다.
그틈을 비집고
들어앉는 건,
요령껏,
남들이야 뭐라건
제 잇속 챙겨
떵떵거리는
파렴치한
존재들이지요.

—그 이창문에 해가 천개· '창' 천수화

Windows
A thousand suns in his windows.
2004. 4. 1
이철수드림

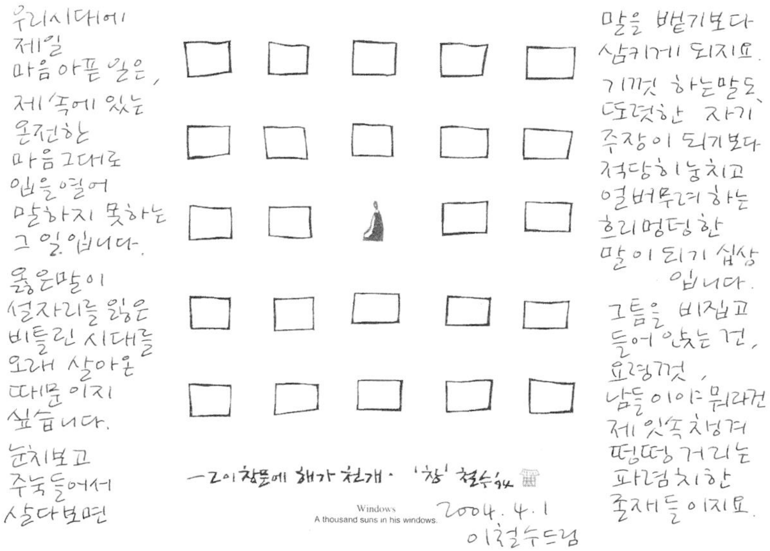

말

눈치 보고 주눅 들어서 살다 보면 말을 뱉기보다 삼키게 되지요.
기껏 하는 말도, 또렷한 자기 주장이 되기보다
적당히 눙치고 얼버무려 하는 흐리멍텅한 말이 되기 십상입니다.
그 틈을 비집고 들어앉는 건, 요령껏, 남들이야 뭐라든
제 잇속 챙겨 떵떵거리는 파렴치한 존재들이지요.

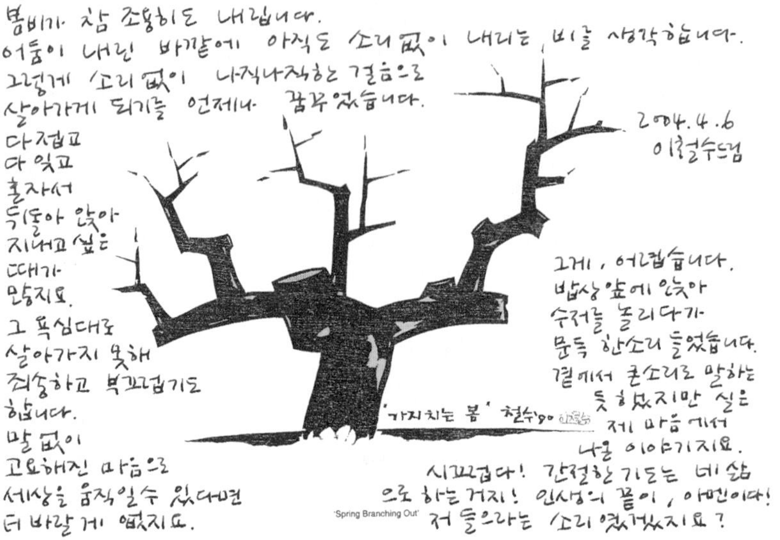

'가지치는 봄' 철수80
'Spring Branching Out'

마음에서 나온 이야기

말없이 고요해진 마음으로 세상을 움직일 수 있다면 더 바랄 게 없지요.
그게, 어렵습니다.
밥상 앞에 앉아 수저를 놀리다가 문득 한 소리 들었습니다.
시끄럽다! 간절한 기도는 네 삶으로 하는 거지! 인생의 끝이, 아멘이다!

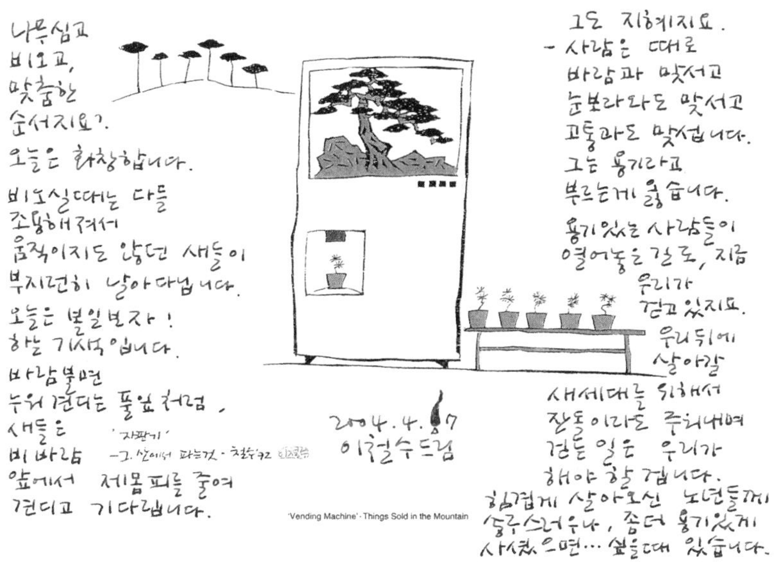

나무심고
비우고,
맞춤한
순서지요.
오늘은 화창합니다.
비오실때는 다들
조팝어려거
움직이지도 않던 새들이
부지런히 날아다닙니다.
오늘은 볼일보자!
하는 기색입니다.
바람불면
누워 걷더라도 풀잎처럼,
새들은 '지팡기'
비바람
앞에서 제몸 피든 줄여
걷다가 기다립니다.

그도 지혜지요.
- 사람은 때로
바람과 맞서고
눈보라라도 맞서고
고통과도 맞섭니다.
그는 용기라고
부르는게 옳습니다.

용기있는 사람들이
열어놓은 길로, 지금
우리가
걷고 있지요.
우리뒤에
살아갈
새세대를 위해서
잡돌이라도 주워내며
걷는 일은 우리가
해야 할 겁니다.
힘겹게 살아오신 노년들께
송구스러우나, 좀더 용기있게
사셨으면... 섧을때 있습니다.

2004. 4. 07
이철수 드림

'Vending Machine' - Things Sold in the Mountain

용기

사람은 때로 바람과 맞서고 눈보라와도 맞서고 고통과도 맞섭니다.
그는 용기라고 부르는 게 옳습니다.
용기 있는 사람들이 열어놓은 길로, 지금 우리가 걷고 있지요.

부활절이라고
달걀/스크러가 많이
왔습니다.
고통이 많은 시절,
한 젊음이
시대의 아픔을 지고
죽음을 맞았습니다.
그 아픔 아직 끝나지않아서

우리 시대에도 여전히
안타까운 죽음이 많지요.
예전에도 그랬듯이
그 죽음을 안타까이
여기는 마음이 깊어서
그가 다시, 우리 곁으로
살아돌아오게 되기를…
그렇게, 기적처럼!

2004. 4. 10
이혜숙드림

부활

고통이 많은 시절, 한 젊음이 시대의 아픔을 지고 죽음을 맞았습니다.

그 아픔 아직 끝나지 않아서

우리 시대에도 여전히 안타까운 죽음이 많지요.

예전에도 그랬듯이 그 죽음을 안타까이 여기는 마음이 깊어서

그가 다시, 우리 곁으로 살아 돌아오게 되기를…….

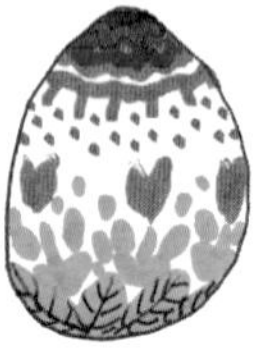

얼마나 오래오래,
얼마나 많이
고통스러운 삶을 견디고 나야
우리들 마음이 한마음처럼 움직이게 될까요?
욕심사납고 썩어빠진 영혼들은
어둠속 제자리로 돌아가게하고
순정하고 아름다운 혼들이 나서서
우리들 곁에 밝고 환한 울타리 만들게.
세상살이에 기적이 있을리 없지만,
한계단만 한계단만 씩.
한걸음 한걸음 씩.
흔들림 없이 우리를, 물러서지 않고 앞으로 앞으로
나아가게.
안타까움이 많아서 오히려 조롱히 바라보게 됩니다.
부디 한걸음 나아가게 되기를...
속없이 당하고, 고통스러운 현실이 무언지도 모르는 우리들.

2004. 4. 10
이철수드림

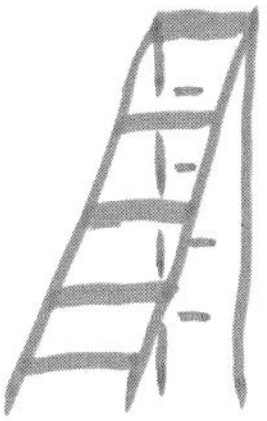

한 계단씩

얼마나 오래오래, 얼마나 많이 고통스러운 삶을 견디고 나야
우리들 마음이 한 마음처럼 움직이게 될까요?
욕심 사납고 썩어빠진 영혼들을 어둠 속 제자리로 돌아가게 하고
순정하고 아름다운 혼들이 나서서 우리들 곁에 밝고 환한 울타리 만들게.

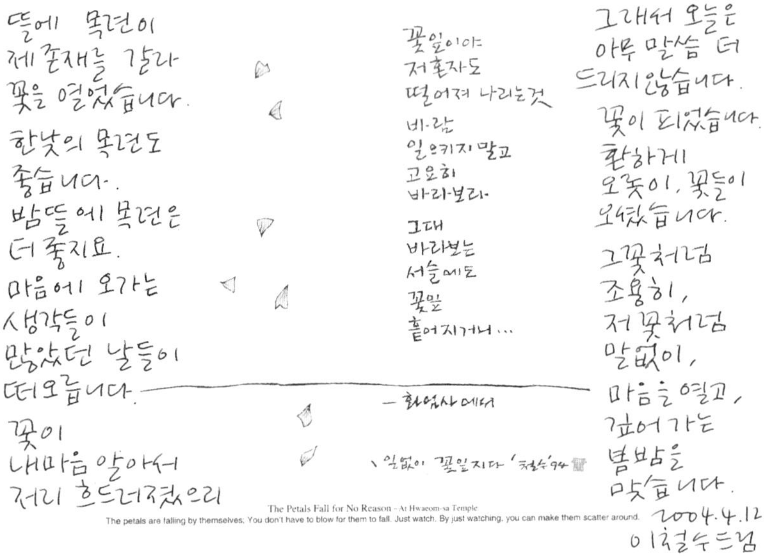

뜰에 목련이
제 존재를 갈라
꽃을 열었습니다.
한낮의 목련도
좋습니다.
밤뜰에 목련은
더 좋지요.
마음에 오가는
생각들이
많았던 날들이
떠오릅니다.

꽃이
내마음 알아서
저리 흐드러졌으리

꽃잎이야
저 혼자도
떨어져 나리는것
바람
일으키지 말고
고요히
바라보라.

그때
바라보는
서슬에도
꽃잎
흩어지거니…

— 화엄사에서

잎없이 꽃일지다 「화엄스에서」

The Petals Fall for No Reason - At Hwaeom-sa Temple
The petals are falling by themselves; You don't have to blow for them to fall. Just watch. By just watching, you can make them scatter around.

그래서 오늘은
아무 말씀 더
드리지 않습니다.
꽃이 피었습니다.
환하게
오롯이, 꽃들이
오셨습니다.
그꽃처럼
조용히,
저 꽃처럼
말없이,
마음을 열고,
깊어가는
봄밤을
맞습니다.
2004.4.12
이철수 드림

목련

한낮의 목련도 좋습니다. 밤 뜰에 목련은 더 좋습니다.
마음에 오가는 생각들이 많았던 날들이 떠오릅니다.
꽃이 내 마음 알아서 저리 흐드러졌으리.
그래서 오늘은 아무 말씀 더 드리지 않습니다.

길에
나가보니
봄이 곳곳에
깊었습니다.

연두빛
새잎들이
봄비 맞이
아기 고사리 손처럼
행복해 하는
기색입니다.

온산에
벗꽃·조팝나무꽃이
화사하게
제자랑입니다.

그늘을 따라오는
길손의 마음도

2004.4.19
이철수드림

배꽃 하얗게 지던 밤에.
한생애가.
빨리 흐르는 저
별똥과 같음을 안다

·배꽃·정수화

Pear Blossoms
On a night, when pear blossoms fall all white, I see that life is like that glimpse of a shooting star.

덩달아
환해 지는듯
합니다.

부드러운
연두빛 속에
안겨 있고
싶어집니다.

종일 오시는
봄비는,가랑
가랑내리는 가랑비
였다가 눈개로 안개
처럼 고운 손길이다가
그치맞을 수는 없을
실비이였다가…
종일, 반가웠습니다.
봄기쁨 많으시기를…

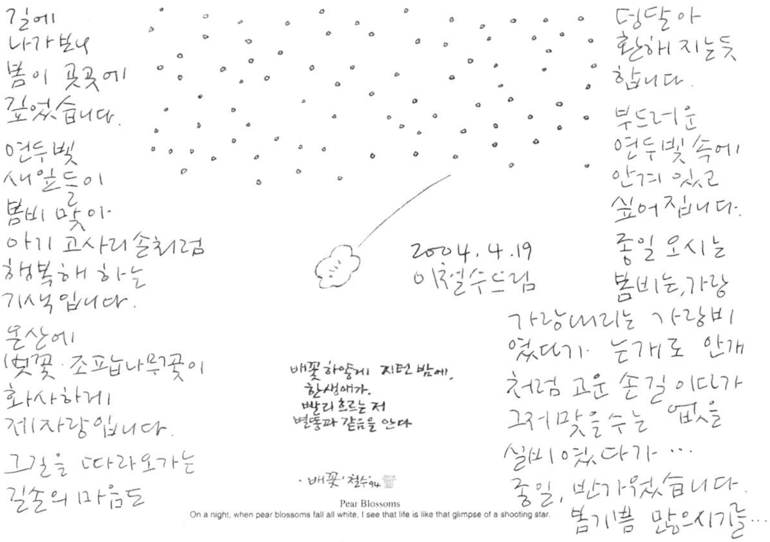

봄 기쁨

길에 나가보니 봄이 곳곳에 깊었습니다.
연둣빛 새잎들이 봄비 맞아 아기 고사리 손처럼 행복해하는 기색입니다.
온 산에 벚꽃, 조팝나무 꽃이 화사하게 제 자랑입니다.
부드러운 연둣빛 속에 안겨 있고 싶어집니다.

못자리를 했습니다. 마침 어른들 내려오시고 누님·조카도
함께 오셔서 거들어 주신 덕분에 일도 덜고 마음도 좋았지요.
끝내놓고 시골 산골짝에 있는 작은 재첩절방에 가서 다들
때담을 흘리고 몸도 씻고 값싼 비빔밥도 사먹었습니다.
모처럼 가족 모임이 일·휴식 함께 어우러져 더 좋았습니다.

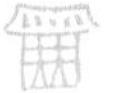

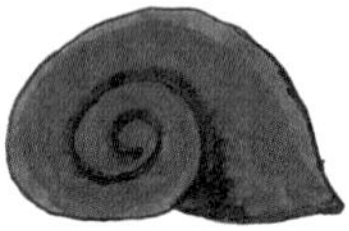

2004·4·23 이광수드림

개운해져서 돌아왔더니 작업실 책상 위에 우렁이 껍질 하나
놓여있습니다. 봄 논에서, 겨울 못견디고 이승 떠나 버린 우렁이
껍질 하나 주워다 놓았더니, 생명이 깃들어 있다 떠난자리.
유적! 이지요. 살다 떠난 흔적이니 유적 입니다.
우리도 이렇게 잠시 왔다가 떠나게 될 존재 입니다.
우리 다녀가고난 빈자리가 우렁이 껍질 만큼 아름다우리라고
믿을수 있을까? 그건 실 없는 생각 이 들었습니다. 좋은주말을…

유적

봄 논에서, 겨울 못 견디고 이승 떠나버린 우렁이 껍질 하나 주워다 놓았더니,

생명이 깃들어 있다 떠난 자리. 유적! 이지요.

우리 다녀가고 난 빈자리가 우렁이 껍질만큼 아름다우리라고 믿을 수 있을까?

하도 힘들어서 잠시 바람을 쐬기로 하였습니다.
청풍 가는 길에 '무암사'라는 절이 있다는 이야기 많이 들었던
터라 거기 가보기로 하였습니다. 갔었지요. 갔었더니 마침
사람 없이 조용했습니다.
바위산이 아름다운
계곡 끝에 높은 축대를
쌓아서 그 위에
아담한 절이 있었습니다.
봄기운으로 산색이
영롱해 있어 산속
절 풍광이 더 아름다워

탑, 늘 그 날까지만
가게 되는 자리
돌아서면 스스로 어둡다

외출만으로도 무겁던
몸과 마음이 조금은
가벼워 집니다. 가끔
쉬고 싶습니다.
2004. 4. 29 이철수드림

보였을지도 모르지만, 참 아름다운 절이었습니다. 커다란
흰둥이 개가 절 뜰을 지키고 있어 머리 쓰다듬어 주었습니다.
점심 공양 그릇을 내다놓는 스님 보여서 합장해서 인사
드리고 산신각 · 칠성각 들러서 곧장 내려 왔습니다. 그 짧은

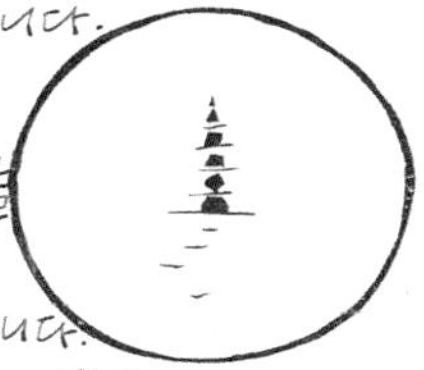

외출

커다란 흰둥이 개가 절 뜰을 지키고 있어 머리 쓰다듬어주었습니다.
점심 공양그릇을 내다놓는 스님 보여서 합장해서 인사드리고
산신각, 칠성각 들러서 곧장 내려왔습니다.
그 짧은 외출만으로도 무겁던 몸과 마음이 조금은 가벼워집니다.

뜰앞 라일락이 꽃숭어리째째 일렁입니다. 비와함께 바람도 오거서.
늦은봄비 꽤 많이 내려서 가뭄해갈은 되었습니다.
먼산이 한층 가까와지고, 서늘하긴 해도 상쾌한 공기가 마음을
씻어 주는듯 합니다. 자연은 그렇게 만물을 키우고 도우시지요.

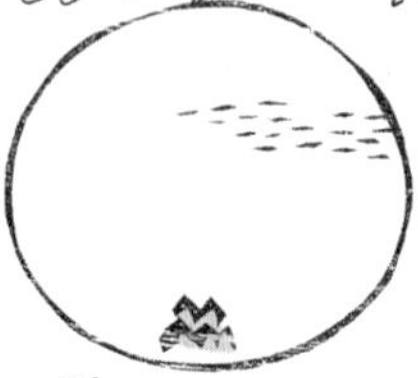

물흐르고 꽃피는자리   2004. 4. 24 이철수 모심
기별면 기별곳

밭에 흘러준 거름기운은 빗물을 타고 땅에스며서 생명의 기운
을 북돋울 터지요? 비바람으로 먼지 씻은 초록들은 개운한 기색이
완연합니다. 춤추듯 자라겠지요? 꽃지고본 목련은 연초록의
새순을 밀어 올리고 있습니다. 아직 때가 되지 않았는지 밭에
넣은 옥수수 싹이 나오지 않았습니다. 비오셨으니 나오겠지요!

해갈

뜰 앞 라일락이 꽃숭어리째 일렁입니다.
비와 함께 바람도 오셔서, 늦은 봄비 꽤 많이 내려서,
가뭄 해갈은 되었습니다.
자연은 그렇게 만물을 키우고 도우시지요.

밤깊어서야 집으로 돌아왔습니다.
풀무고등학교에 가서 친구도 만나고 학생들과 이야기하는 시간을
가졌습니다. 저로서는 낯설고 망설여 지는 일입니다. 남들앞에
이야기하는 일이 그렇습니다.

그림이나 보여 드리는것.
그게 제일의 모두이길
늘 바라고 싶습니다.
가서, 덤덤하게 살지
말고 일탈할 꿈을 꾸라고,
주어진 규범대로 수긋수긋   집·다정한곳   2004. 4. 29
살아가면 손해라고   집·고요한데   이철수드림
이야기 했습니다.

이야기를 요령 없이 했다는 비난을 아내에게서 들었지만,
경쟁뿐인 세상에서 경쟁의 요령과 승리의 비책이나 배우는
슬프고 안타까운 학창을 보내라고 할수는 없었습니다. 요령부득
의 말에서나마 제 진심을 읽은 학생들이 있었겠으면 …

요령 없는 말

풀무고등학교에 가서 친구도 만나고 학생들과 이야기하는 시간을 가졌습니다.

가서, 덤덤하게 살지 말고 일탈할 꿈을 꾸라고,

주어진 규범대로 수긋수긋 살아가면 손해라고 이야기했습니다.

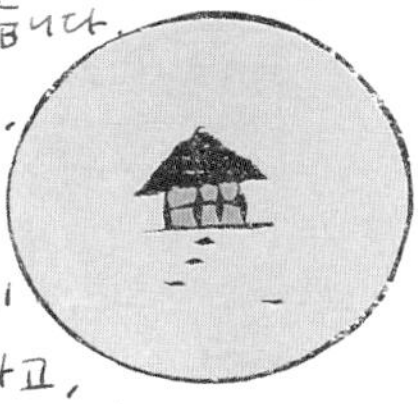

밤에 참깨 냄을 밭골을 타는데, 함께 일하던 아내가 한마디 했습니다. ―그래도 당신친구가 날더러 목련 같다고 했어요! 아마 제가 아내를 조금 만만히보는 소리를 했던가 봅니다.
―그래요?
그친구네 식구는
함박꽃 같더라고
전해 줘야겠네!
그친구 부인 참 좋아
보이던데…
그랬지요?

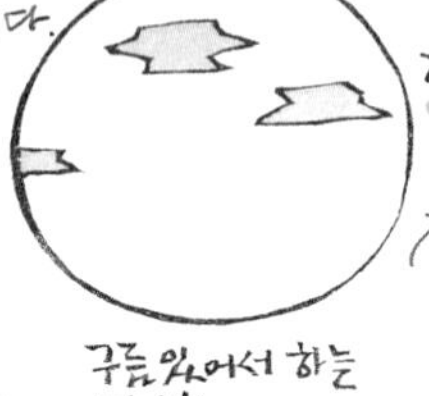

☆이삼십몇년전의 횡재!

→제 아내 역시
저보다 훨씬 좋은
사람입니다.
친구가 그랬답니다.
철수가 횡재 했다고.
2004. 5. 1 이철수드림

구름있어서 하늘
어느날,
― 괘청한 밤하는 손석

―맞아요! 아내는 흔연히 동의했습니다. 순진해서, 멋모르고, 남편따라 농촌 학교에 와 평생을 살아가고 있노라신 친구의 아내가 친구 이상으로 좋아 보였습니다.

횡재

-그래도 당신 친구가 날더러 목련 같다고 했어요!
-그래요? 그 친구네 식구는 함박꽃 같더라고 전해줘야겠네!
순진해서, 멋모르고 남편 따라 농촌 학교에 와 평생을 살아가고 있노라신
친구의 아내가 친구 이상으로 좋아 보였습니다.
제 아내 역시 저보다 훨씬 좋은 사람입니다.

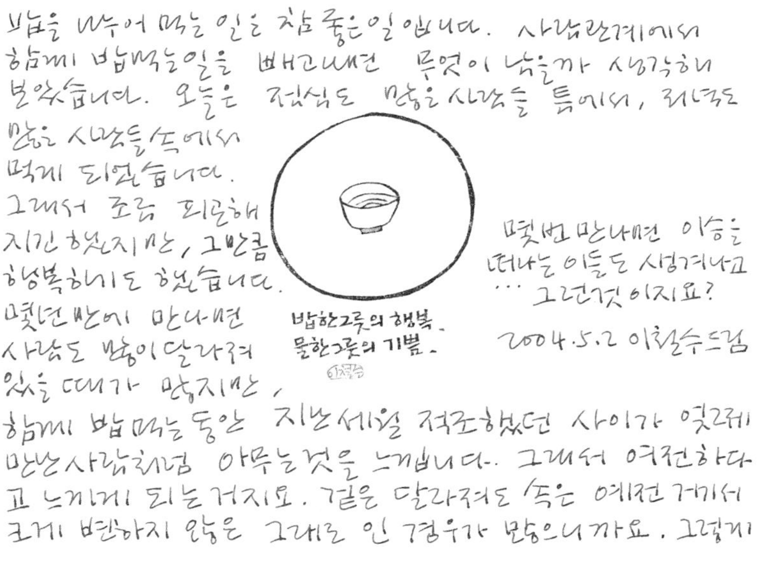

밥을 나누어 먹는 일은 참 좋은 일입니다. 사람관계에서 함께 밥먹는일을 빼고나면 무엇이 남을까 싶을정도로 보았습니다. 오늘은 점심도 많은 사람들 틈에서, 저녁도 많은 사람들속에서 먹게 되었습니다. 그래서 조금 피곤해 지긴 했지만, 그만큼 행복하기도 했습니다. 몇년만에 만나면 사람도 많이 달라져 있을 때가 많지만,

밥한그릇의 행복. 물한그릇의 기쁨.

몇번 만나면 이승을 떠나는 이들도 생겨나고 … 그런것 이지요?
2004.5.2 이철수드림

함께 밥먹는 동안 지난세월 적조했던 사이가 엊그제 만난사람처럼 아무느 것을 느낍니다. 그래서 여전하다고 느끼게 되는 거지요. 길은 달라져도 /혹은 여전 거기서 크게 변하지 않은 그대로 인 경우가 많으니까요. 그렇게

밥

몇 년 만에 만나면 사람도 많이 달라져 있을 때가 많지만
함께 밥 먹는 동안 지난 세월 적조했던 사이가
엊그제 만난 사람처럼 아무는 것을 느낍니다.
그래서 여전하다고 느끼게 되는 거지요.

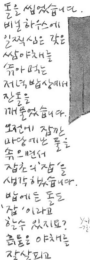

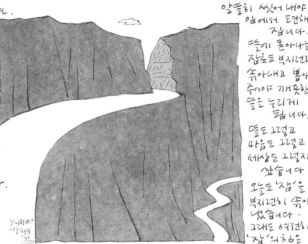

돌을 씹었습니다.
비닐하우스에
일찍 심은 갓도
쌓아채늘
솎아 먹는
저녁밥상에서
잔돌을
깨물었습니다.

또한번 잠깐
마당에 난 풀을
솎으면서
잡초의 '잡'을
생각했습니다.

밥에 든 돌도
'잡'이라고
할수 있지요?
흙돌을 야채를
잘살피고

알뜰히 씻어 내야
입에서 편해
집니다.

뜰에 돌아나는
잡초도 부지런히
솎아내고 뽑아
주어야 깨끗한
뜰을 누리게
됩니다.

뜰도 그렇고
마음도 그렇고
세상도 그렇지
싶습니다.

오늘도 '잡'을
부지런히 솎아
냈습니다.
그래도 여전히
'잡'의 힘은
꺾이지 않는 기색입니다.

The Way · The Human World

2004. 5. 5 이철수 드림

'잡'

흙 묻은 야채를 잘 살피고 알뜰히 씻어내야 입에서 편해집니다.
뜰에 돋아나는 잡초도 부지런히 솎아내고 뽑아주어야
깨끗한 뜰을 누리게 됩니다.
뜰도 그렇고, 마음도 그렇고, 세상도 그렇지 싶습니다.

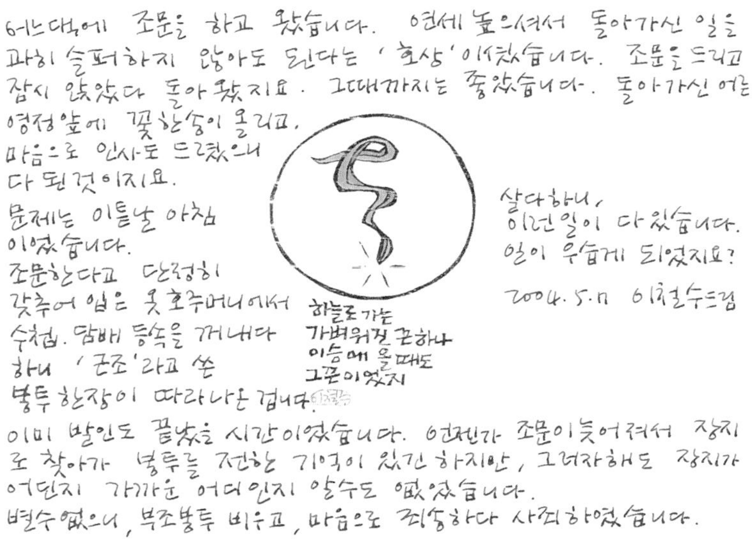

어느댁에 조문을 하고 왔습니다. 연세 높으셔서 돌아가신 일을 과히 슬퍼하지 않아도 된다는 '호상'이었습니다. 조문을 드리고 잠시 앉았다 돌아왔지요. 그때까지는 좋았습니다. 돌아가신 어른 영정앞에 꽃한송이 올리고, 마음으로 인사도 드렸으니 다 된 것이지요.

문제는 이틀날 아침 이었습니다. 조문한다고 단정히 갖추어 입은 옷 호주머니에서 수첩, 담배 등속을 꺼내다 하니 '근조'라고 쓴 봉투 한장이 따라나온 겁니다.

하늘로 가는 가벼워질 근하나 이승에 올때도 그끈이었지

살다하니, 이런일이 다 있습니다. 일이 우습게 되었지요?

2004.5.ㅁ 이철수드림

이미 발인도 끝났을 시간이었습니다. 어쩐지 조문이 늦어려서 장지로 찾아가 봉투를 전하은 기억이 있긴 하지만, 그러자해도 장지가 어딘지 가까운 어디인지 알수도 없었습니다.
별수없으니, 부조봉투 비우고, 마음으로 죄송하다 사죄하였습니다.

봉투

문제는 이튿날 아침이었습니다.
조문한다고 단정히 갖추어 입은 옷 호주머니에서
수첩, 담배 등속을 꺼내다 보니
'근조'라고 쓴 봉투 한 장이 따라 나온 겁니다.
살다 하니, 이런 일이 다 있습니다. 일이 우습게 되었지요?

제가 좋아하고 존경하기도 하는 선배 한분이 '묵언'을 시작 하셨습니다. 올 한해 내내 그러신답니다. 벌써 4개월이나 그리하고 계신다니 생각대로 한 해 채우시겠지요.

입을 닫고 지내면, 생각의 길이 잘 보이고 남들 하는 이야기도 간파하기 쉽다는 소문은 들었습니다. 그때도 내외간만 사시는데, 한 사람이 입을 닫으셨으니 나머지 한 사람도 덩달아 말없이 지내게 되었습니다.

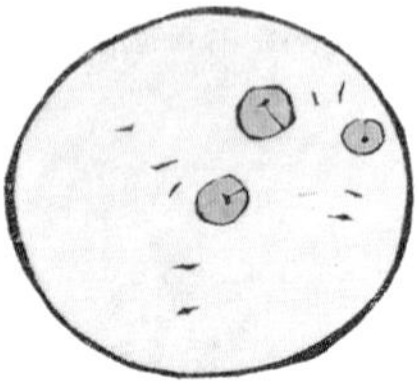

보화의 요령소리
물고대로
하늘허공 ─

한석규 불편하게 하신 소행은 괘씸(?) 하지만, 살면서 크게 마음 내어 공복하는 일이야 당연하고 부럽기도 합니다.
2004. 5. 8 이철수 드림

그래도, 한입은 열어두어서 그 입과 귀를 통해 바깥과 소통하고 관계하 수 있으니 다행입니다. 입을 닫는 이는 마음공부에 큰 소득이 있으실테고, 못 그러고 곁에 계시는 이는 보살행으로 얻는 공덕이 크시리라 믿습니다. 불교신자처럼 말했지요?

묵언

제가 좋아하고 존경하기도 하는 선배 한 분이 '묵언'을 시작하셨습니다.
입을 닫은 이는 마음공부에 큰 소득이 있으실 테고,
못 그러고 곁에 계시는 이는 보살행으로 얻는 공덕이 크시리라 믿습니다.

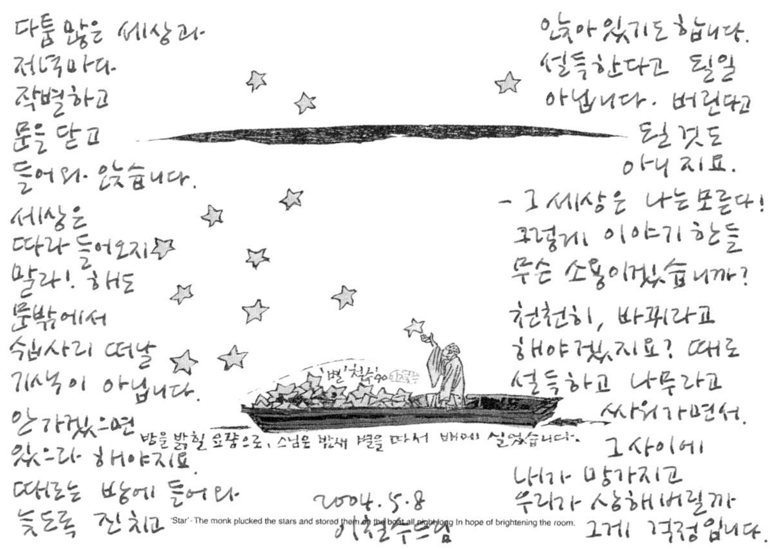

다툼 많은 세상과
저녁마다
작별하고
문을 닫고
들어와 앉습니다.

세상을
따라 들어오지
말라! 해도
문밖에서
쉽사리 떠날
기색이 아닙니다.

안 가겠으면
있으라 해야지요.
때로는 방에 들어와
늦도록 진 치고

익숙아 있기도 합니다.
설득한다고 될 일
아닙니다. 버린다고
될 것도
아니지요.
- 그 세상을 나는 모른다!
그렇게 이야기한들
무슨 소용이겠습니까?
천천히, 바꾸라고
해야겠지요? 때로
설득하고 나무라고
싸워가면서
그 사이에
내가 망가지고
우리가 상해버릴까
그게 걱정입니다.

'별'청화 … 밤을 밝힐 요량으로 스님은 밤새 별을 따서 배에 실었습니다. 'Star' - The monk plucked the stars and stored them on the boat all nightlong in hope of brightening the room.

2004. 5. 8
이철수

그 세상

다툼 많은 세상과 저녁마다 작별하고 문을 닫고 들어와 앉습니다.
세상은 따라 들어오지 말라! 해도 문밖에서 쉽사리 떠날 기색이 아닙니다.
때로는 방에 들어와 늦도록 진 치고 앉아 있기도 합니다.

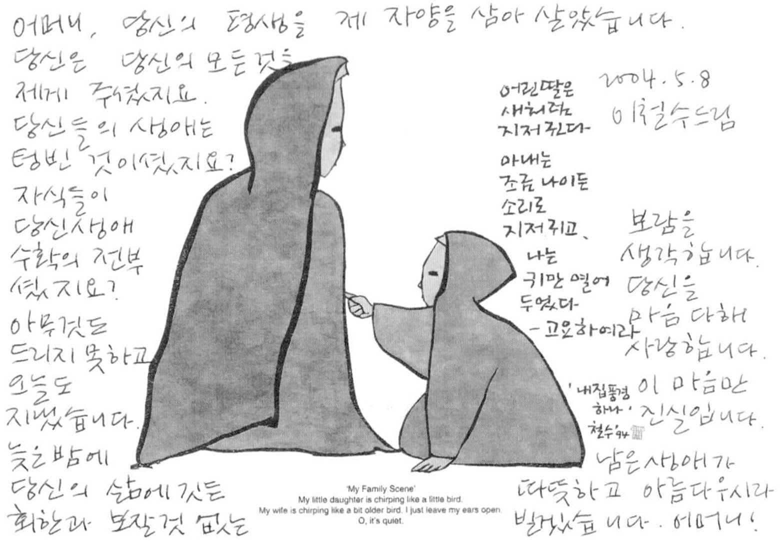

어머니

어머니, 당신의 평생을 제 자양을 삼아 살았습니다.
당신은 당신의 모든 것을 제게 주셨지요. 당신들의 생애는 텅 빈 것이셨지요?
자식들이 당신 생애 수확의 전부셨지요?
당신을 마음 다해 사랑합니다. 이 마음만 진실입니다.

비가 쉬이 그치지 않습니다. 봄비치고는 조금 질긴 비인듯 합니다.
나갔다오는 길에 안개처럼 뿌리는 는개 속을 잠시 걸었습니다.
비 구경 보다는, 그렇게라도 비와 직접 만나는 일이 좋습니다.

남궂이
비오는날,
애호박 썰어서
빈대떡을 굽다. 아내는 자고,
간장에 풋고추 썰고 참기름
한방울! 아이들과 먹다.

2004. 5. 10
이철수 드림

'남궂이'
이철수 9%

자고 일어나면 화창해 지겠지요? 봄비에 젖어 오슬오슬 떨고 있을
밭작물들에게도 반가운 햇살 자리면 기쁨일 겁니다. 산도 환한 얼굴
로 부풀어 있겠지요. 평안하시지요?

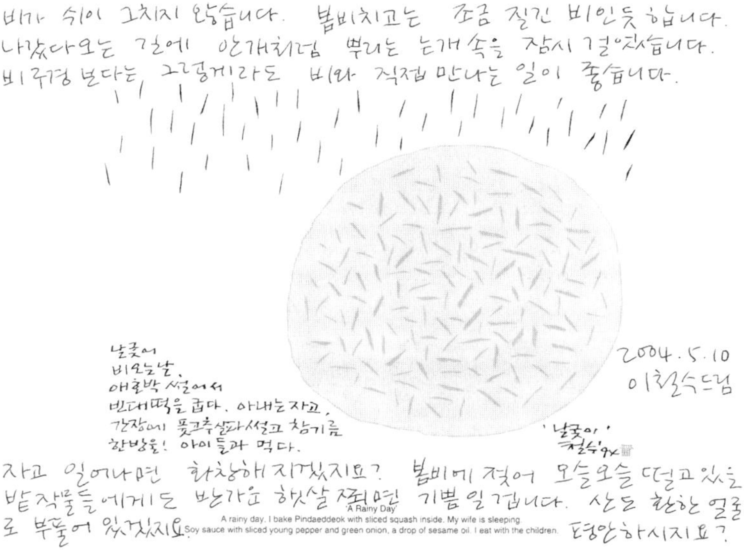

A Rainy Day
A rainy day. I bake Pindaeddeok with sliced squash inside. My wife is sleeping.
Soy sauce with sliced young pepper and green onion, a drop of sesame oil. I eat with the children.

는개

비가 쉬이 그치지 않습니다.
봄비치고는 조금 질긴 비인 듯합니다.
나갔다 오는 길에 안개처럼 뿌리는 는개 속을 잠시 걸었습니다.
비 구경보다는 그렇게라도 비와 직접 만나는 일이 좋습니다.

아내는,
비젖어
보드라워진 흙에
과꽃 모종을 많이
심었습니다.
저는, 토마토·오이에
지주를 세우고
끈을 드리워 주었지요.
종일 손님들 만나느라
그림은 손도 못대고
해가 저물었습니다.
이야기 나누기도
서로에게 소중한 일이고
경험이기는 하지만,
조용히 그림그리고 새기기가

제 본업이긴 하지요.
'세상살아가기'에서 직업
만큼 중요한게 없습니다.
생계수단이라는 점으로도
중요하지만, 자신을 표현
하고 확인하는 수단으로도
중요한 일입니다.
농사는, 제 본업에 내용을
채우는데 필요한 소중
한 공부입니다.
제 엽서에 자주 오르내리
는, 바람·비·햇살
초록·별·달·구름·새
모두제 경전에 있는
말씀이고 스승이십니다.
2004. 5. 11. 이철수드림

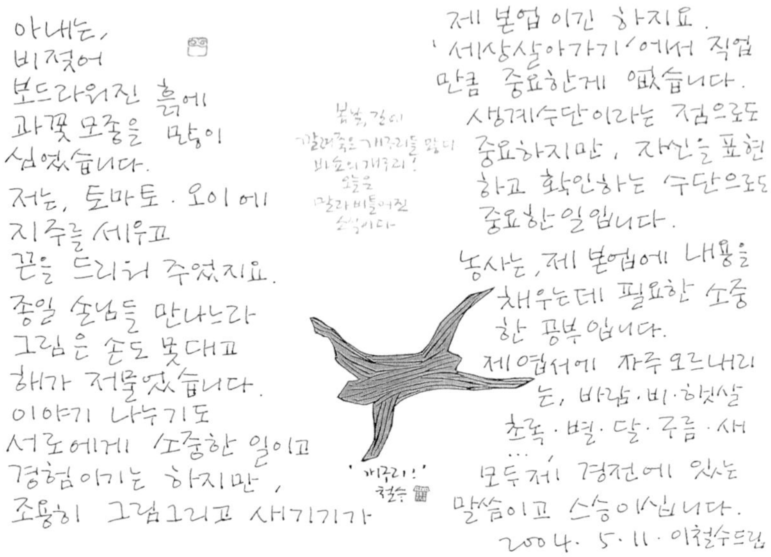

직업

'세상 살아가기'에서 직업만큼 중요한 게 없습니다.
농사는, 제 본업에 내용을 채우는 데 필요한 소중한 공부입니다.
제 엽서에 자주 오르내리는, 바람·비·햇살·초록·별·달·구름·새…….
모두 제 경전에 있는 말씀이고 스승이십니다.

밤길 오는데 대문 열고 나가보니 논에 개구리 소리가 그득합니다.
아직 모심기 전이라 비어 있는 논이라고 여겼더니 그게 아닙니다.
논에 가득찬 개구리 우는 소리.
마치
'살아있음'을
확인하려는
죽비소리
같습니다.

온세상이 지금
생생하게
살아 움직이고
있다는 이야기가
천지에
가득합니다.
귀열어
개구리소리

'그 삶을,
온전히 누리라'
2004. 5. 12
이철수 드림

소리 — 다듬이

들고, 눈돌려 풍광을 보고, 조용히 나를 살펴도 그소리 뿐입니다.
온통, 그소리! 지금! 살아 있어   Sound" - A Cloth-Pulling Stone   그 삶을 온전히 누리라!

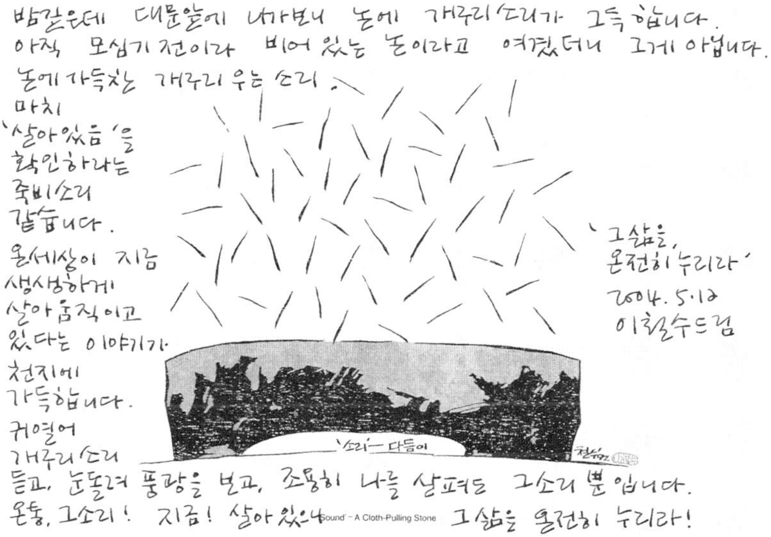

개구리 소리

논에 가득 찬 개구리 우는 소리.
마치 '살아 있음'을 확인하라는 죽비 소리 같습니다.
온통, 그 소리!
지금! 살아 있으니 그 삶을 온전히 누리라!

우리들 마음의 창을 깨끗하게하고 보면, 세상은 환합니다.

더러운
마음창을
그대로 갖고
사는 이들은
불행한 따름
이지요.
힘과 돈과
기회를
부러워 하기
보다는,
내삶에
모자라는
아름다움과
향기를
되찾는 일에
마음쓰게 되어야지요.

2004.5.14
이철수드림

추악한 정치현실을 개탄하고
변화를 꿈꾸는 것은, 우리들의
고와야할 인생이 그로해서
망가지기 쉽기 때문 입
니다. 변화를 기대
하면서, 이제 다시
우리마음으로 돌아와서
나를 살필 기회가 더
많아 지기를 기대합니다

'외발의새가 바라보는 먼하늘' 철수드림

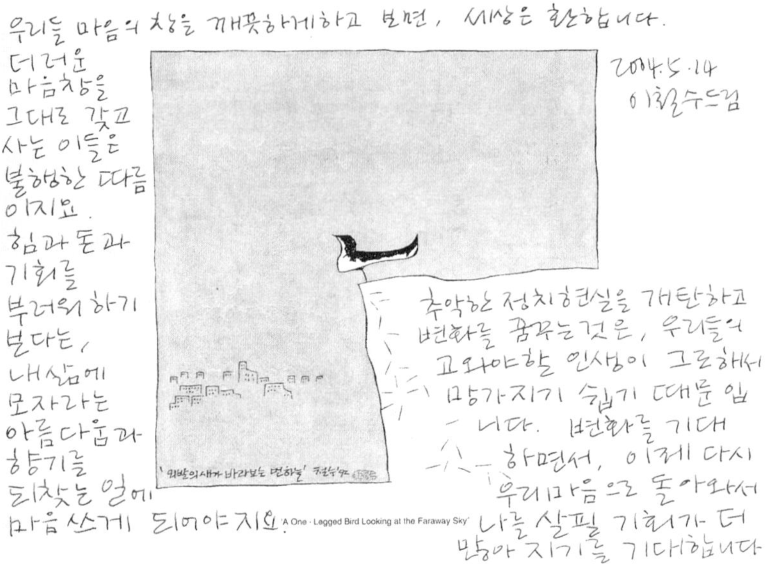

'A One - Legged Bird Looking at the Faraway Sky'

마음의 창

추악한 정치 현실을 개탄하고 변화를 꿈꾸는 것은,
우리들의 고와야 할 인생이 그로 해서 망가지기 쉽기 때문입니다.
변화를 기대하면서, 이제 다시 우리 마음으로 돌아와서
나를 살필 기회가 더 많아지기를 기대합니다.

두꺼비
맹꽁이 목숨이
사람 살림 보다
소출한가? 하고 묻는
사람들도 있겠지요?
고래사냥을 막자고
막대한 인력과 재화를
쏟아 붓는 환경 단체의 모습도
꼭 같은 질문을 듣습니다.
반핵, 반전도 아니고
그 시시한 생명 나부랭이
보호하자고 목숨을 걸고
나서 다녀.
그런가요?
파리, 모기 잡자고

살충제 뿌리는 저녁에,
방문 닫고 나와서서
기다렸다 들어가는
조심성 많은 당신들은,
벌써 수없이 사라
지고 있는 생물종들의
목록에 '인간'이라는
존재는 없으리라고
믿으시는 건지요?
염치 있는 사람이면
당연히 해야할
일인데,
원숭이마저 살리자고
단식하여 나선 '참성적자'
분들이 왜 이렇게 고맙게
느껴지는 건지 알다가도 모를일
입니다. 2004. 5. 19 이철수

'개구리!'
철수

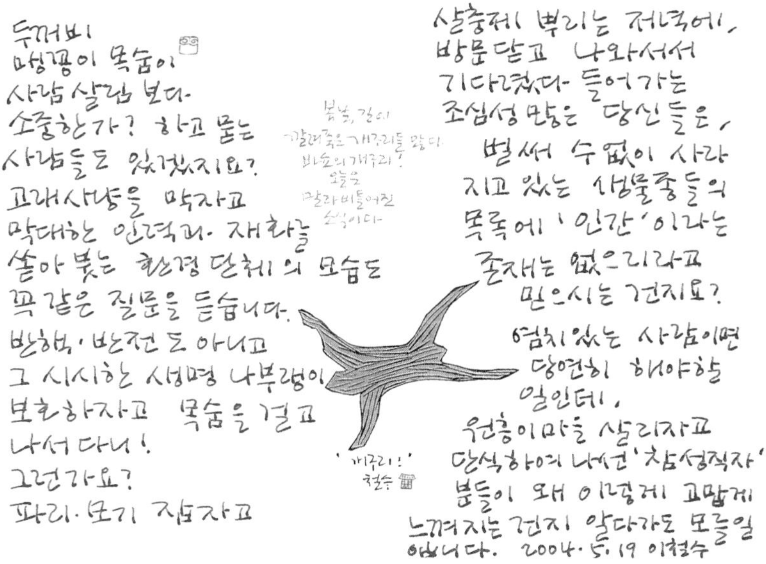

그런가요?

파리, 모기 잡자고 살충제 뿌리는 저녁에,
방문 닫고 나와 서서 기다렸다 들어가는 조심성 많은 당신들은,
벌써 수없이 사라지고 있는 생물 종들의 목록에
'인간이라는 존재는 없으리라고 믿으시는 건지요?

올해는 천리향이 많이 번졌습니다.
위로 자라 오르지는 못하고 앉은자리를 넓히면서 자라는
겸손한 생명입니다.
키작은 존재들의 확산을 보는 즐거움이 기쁨
뾰족하게 키큰 것들의 성장을 보는 것보다 큽니다.

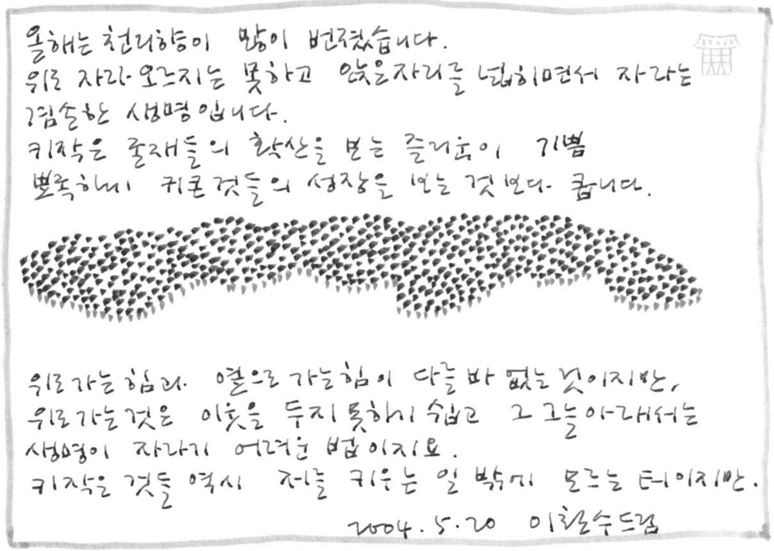

위로 가는 힘과 옆으로 가는 힘이 다를 바 없는 것이지만,
위로 가는 것은 이웃을 두지 못하기 쉽고 그 그늘아래서는
생명이 자라기 어려운 법이지요.
키작은 것들 역시 저를 키우는 일 밖에 모르는 터이지만.

                              2004. 5. 20 이철수드림

키 작은 존재

올해는 천리향이 많이 번졌습니다.
위로 자라 오르지는 못하고 앉은 자리를 넓히면서 자라는 겸손한 생명입니다.
키 작은 존재들의 확산을 보는 즐거움이
뾰족하게 키 큰 것들의 성장을 보는 것보다 큽니다.

미끄러운 길·빨리달리는 곧은 길 보다는 숲속 오솔길에
있으라! 저가 제게 그렇게 타이르는 중입니다.
자주 미끄러운길로 가고 싶어하는 나를 보게되곤 합니다.

멀리서 보면
사람얼굴을 읽기
어려운 것처럼
사람속을 다알기
어려운 법입니다.

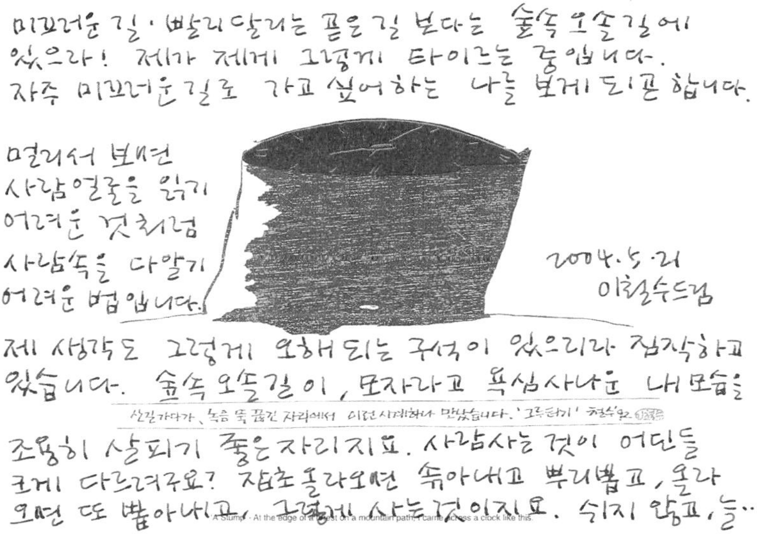

2004. 5. 21
이철수드림

제 생각도 그렇게 오해되는 구석이 있으리라 짐작하고
있습니다. 숲속 오솔길이, 모자라고 욕심사나운 내 모습을

조용히 살피기 좋은 자리지요. 사람사는 것이 어딘들
크게 다르겠구요? 잡초 돋아오면 솎아내고 뿌리뽑고, 올라
오면 또 뽑아내고, 그렇게 사는것이지요. 쉬지 않고, 늘…

오솔길

멀리서 보면 사람 얼굴을 읽기 어려운 것처럼
사람 속을 다 알기 어려운 법입니다.
제 생각도 그렇게 오해되는 구석이 있으리라 짐작하고 있습니다.
숲 속 오솔길이,
모자라고 욕심 사나운 내 모습을 조용히 살피기 좋은 자리지요.

저녁 나절에 아내가 고추장 담글 것을 잠시 거들었습니다.
매운 고춧가루를 묽은 조청에 손아 박으면서 사람들 별것을
다 먹고 사는구나 싶었습니다. 메주가루·소금을 더하면
고추장이 됩니다. 독에 담아서 시간을 두고 삭히면 맛있는
양념이 되는거지요. 그 매운맛에 길이 들어서 가끔은 고추장을
그리워하기도합니다. 우리맛 이라고 부르게도 되구요. 제가 그리는

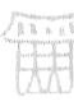

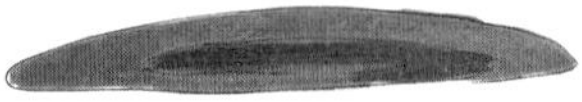

그림속에도 그런 독특한 우리맛· 우리스러운 멋이 깃들기를 바라지만
그건 쉬운일은 아닙니다. 생활속에 자연스럽게 지내다 보면
언젠가 더 편안하고 더 따뜻하고 더 자유롭기도한 그림과
반나게 되려니 생각합니다. 재주가 모자라서가 아니라 제
솜씨가 모자라서 일테니 어쩌면 헛된 기다림이 될수도 있겠
지만, 그야 별 도리 없는 노릇 입니다. 손맛깊은 아내는 소금을
뿌리면서 대충! 한다고 했습니다. 대충!이 우리집 장맛이라니
더할 말이 없었습니다. 저도 사실 대충! 그리기는 합니다.
                          2004·5·22 이철수 드림

장 맛

손맛 깊은 아내는 소금을 뿌리면서 대충! 한다고 했습니다.
대충!이 우리 집 장맛이라니 더 할 말이 없었습니다.
저도 사실 대충! 그리기는 합니다.

아내와 자식에게 모진 매질을 해대는 가장, 흉기를 들이대고
돈을 빼앗는 사람들, 사랑없이 몸뚱이는 사는 사람들…
그마음씨 벌써 전쟁이 와있다고 하면 지나치다고 하시겠
습니까. 전쟁소식 학살·고문·폭력… 이제 진력이 날 만큼 듣고 보고
또 듣습니다. 아우슈비츠를 따로 회상할 것 없이 진행형으로 경험
하는 21세기 벽두의 세기침가 전저리 치처 집니다. 신이름을 위해서는
이방종교의 죽음도 상관없다는 광신적사유조차 풍풍연해질 조짐이

                              2004.5.23 이철수드림

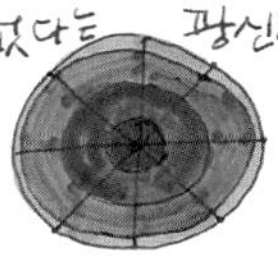

보입니다. 암흑의 시대가 돌아오고 있는 것일까요? 힘있으면 무엇이나
할수 있고 해도좋다는 생각이 글로벌경제놀리와 꼭같은 경로로 세계
를 뒤덮어갑니다. 우리도 살아 남아야할텐데요. 무서운현실….
우리안에 와있는 힘의논리·강자의논리와 싸우는일이 그 첫걸음이
되어야하지 않습니다. 조용히 나와 세상을 두루 살피는 시간이
자주 있으시기 바랍니다. 오늘도 어디선가 슬픈 임종이 있었을테지요?
그 슬픔이 남의일·그들의 일이 아닙니다. 저녁, 시장끼가 부끄럽습니다.

무서운 현실

암흑의 시대가 돌아오고 있는 것일까요?
힘 있으면 무엇이나 할 수 있고 해도 좋다는 생각이
글로벌 경제 논리와 꼭 같은 경로로 세계를 뒤덮어갑니다.
우리도 살아남아야 할 텐데요.

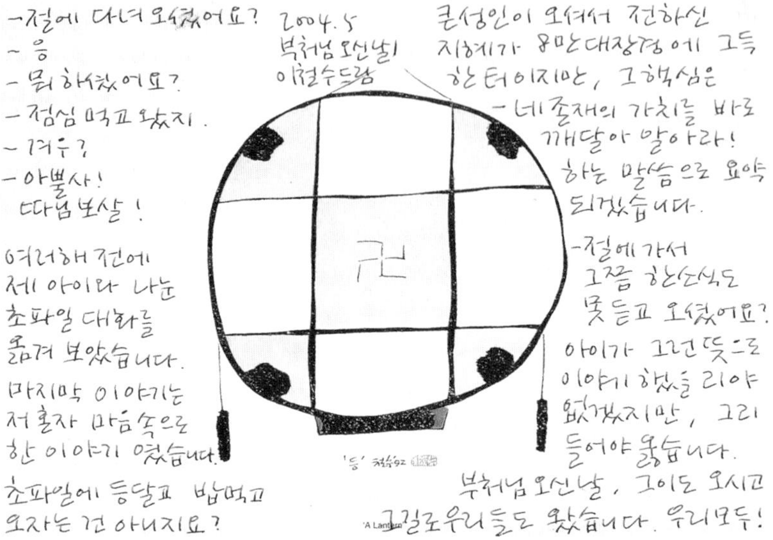

-절에 다녀오셨어요? 2004.5
- 응 부처님 오신날
- 뭐 하셨어요? 이철수드림
- 점심 먹고 왔지.
- 겨우?
- 아뿔사!
　따님보살!

이러해 건에
세 아이다 나눈
초파일 대화를
옮겨 보았습니다.
마지막 이야기는
저 혼자 마음속으로
한 이야기 였습니다.

초파일에 등달고 밥먹고
오자는 건 아니지요?

큰성인이 오셔서 전하신
지혜가 8만대장경에 그득
한 터이지만, 그핵심은
- 네 존재의 가치를 바로
깨달아 말아라!
하는 말씀으로 요약
되겠습니다.

-절에 가서
그쯤 한소식도
못듣고 오셨어요?
아이가 그건뜻으로
이야기 했을 리야
없겠지만, 그리
들어야 옳습니다.
부처님 오신날, 그이도 오시고
그길로 우리들도 왔습니다. 우리모두!

'등' 처 ㅇㅇ
'A Lantern' ㅇㅇ

따님 보살

-절에 다녀오셨어요?

-응.

-뭐 하셨어요?

-점심 먹고 왔지.

-겨우?

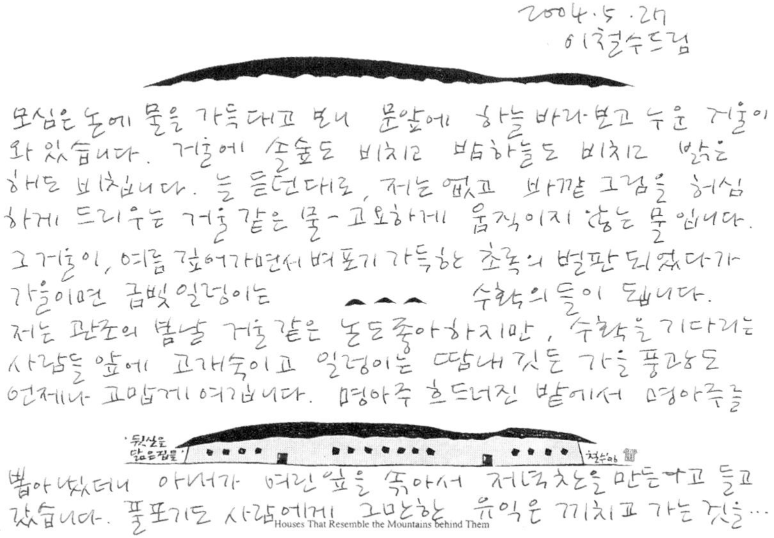

2004. 5. 27
이철수드림

모심은 논에 물을 가득대고 보니 문앞에 하늘 바라보고 누운 거울이 와 있습니다. 거울에 손술도 비치고 밤하늘도 비치고 밤을 해도 비칩니다. 늘 듣던대로, 저는 없고 바깥 그림을 허심하게 드리우는 거울 같은 물-고요하게 움직이지 않는 물입니다. 그 거울이, 여름 깊어가면서 벼포기 가득한 초록의 벌판 되었다가 가을이면 금빛 일렁이는 ▲▲▲ 수확의 들이 됩니다. 저는 관조의 봄날 거울 같은 논도 좋아하지만, 수확을 기다리는 사람들 앞에 고개숙이고 일렁이는 땀내 깃든 가을 풍경도 언제나 고맙게 여깁니다. 명아주 흐드러진 밭에서 명아주를

'뒷산을 닮은집들' ▪▪▪▪▪▪ '철수◑卍

뽑아냈더니 아내가 여린 잎을 숙아서 저녁찬을 만든다고 들고 갔습니다. 풀포기도 사람에게 그만한 유익은 끼치고 가는 것을...

Houses That Resemble the Mountains behind Them

물

모 심은 논에 물을 가득 대고 보니,

문 앞에 하늘 바라보고 누운 거울이 와 있습니다.

늘 듣던 대로, 저는 없고 바깥 그림을 허심하게 드리우는 거울 같은 물,

고요하게 움직이지 않는 물입니다.

여름

채송화처럼,
낮은데서, 조용히 잔잔하게
욕심의 키를 조금만, 아주조금만 낮추고
살다갈수 있었으면...
아내가 부지런히 풀을 매더니
담장밖 길가에서
채송화가 곱게 피었습니다.
그 손끝에 채송화도 피고 나도 핍니다.

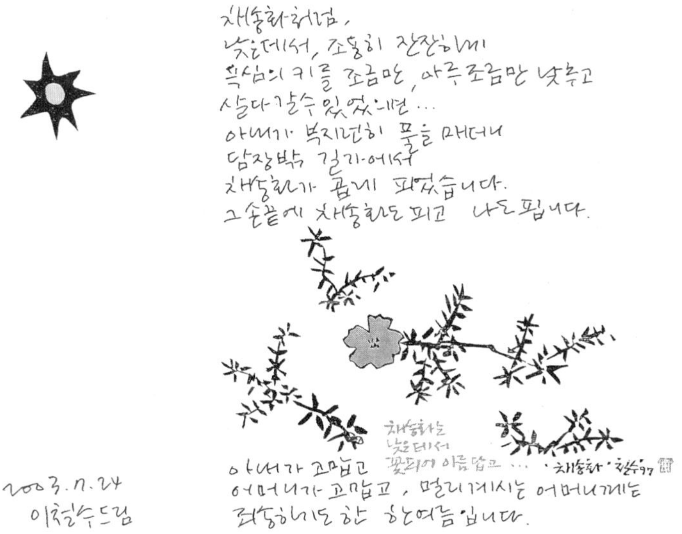

채송화는
낮은데서
꽃피워 아름답고... ·채송화·청송거기

2003.11.24
이철수드림

아내가 고맙고
어머니가 고맙고, 멀리계시는 어머니께도
죄송하기도 한 한여름입니다.

채송화

아내가 부지런히 풀을 매더니
담장 밖 길가에서 채송화가 곱게 피었습니다.
그 손끝에 채송화도 피고 나도 핍니다.

시골에는 하수도가 따로 없는 곳이 많지요. 저희도 그렇습니다.
때문 앞 논으로 생활하수가 고스란히 흘러드는 터라 한 해 한
두번은 하수도 청소를 해야 합니다. 장마오기 전에는 필히 해야
하는 일이라 큰마음 먹고
하수도를 치고 났더니
수채냄새라고 부르는
역한 냄새가 풀풀 납니다.
목욕물, 설거지물, 세숫물…
살면서 흘러온 더러운 것이
모이고 쌓여서 생긴
것이라 결국 제가 만든

내릴 때도 비-비의 마음
누우면 물-물의 마음
그렇습니다

넘어듣기를 했습니다.
미나리, 뚝새 폭 잡 때까
더러운 것 거르는 정화역할
을 잘한다고 하더라구요.
미나리에게 도리를 끼치므로
한 셈입니다.

2003.6.ㅁ
이철수드림.

것인데도 그 냄새가 그리 정겹지는 못합니다. 생각해 보면 우리
사람들 사는 것이 '세상 더럽히기'입니다. 조금 덜 쓰고 덜 버리고 사는
삶이 되어야 하는데, 그게 쉽지는 않지요? 결국 목욕탕에 들어가
물을 위잠의 쓰고 나왔습니다. 깨끗해진 수채로 다시 더러운 물을
흘려 보냈습니다. 이렇게 삽니다. 그 수채에 미나리 몇 뿌리 기억했다

수채

목욕물, 설거지물, 세숫물……

살면서 흘리는 더러운 것이 모이고 쌓여서 생긴 것이라

결국 제가 만든 것인데도 그 냄새가 그리 정겹지는 못합니다.

생각해 보면 우리 사람들 사는 것이 '세상 더럽히기'입니다.

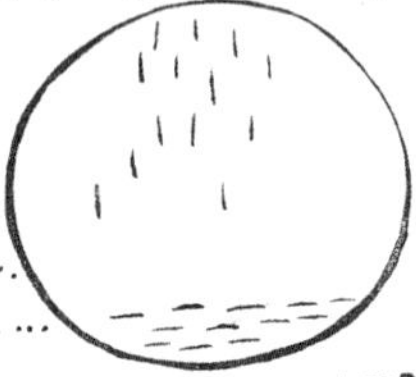

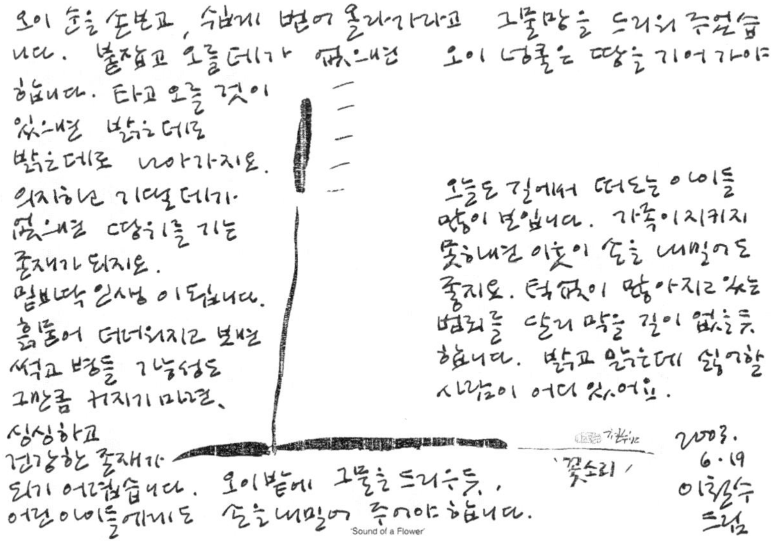

오이 순을 손보고, 쉽게 변에 올라가라고 그물망을 드리워 줍었습니다. 붙잡고 오를 데가 없으면 오이 넝쿨은 땅을 기어가야 합니다. 타고 오를 것이 있으면 밝은 데로 밝은 데로 나아가지요. 의지하던 기댈 데가 없으면 땅을기는 존재가 되지요. 밑바닥 인생이 됩니다. 흙물어 더러워지고 보면 썩고 병들 가능성도 그만큼 커지기 마련. 싱싱하고 건강한 존재가 되기 어렵습니다. 어린 아이들에게도 손을 내밀어 주어야 합니다.

오늘도 길에서 떠도는 아이들 많이 보입니다. 가족이 지키지 못하던 이웃이 손을 내밀어도 좋지요. 턱없이 많아지고 있는 범죄를 달리 막을 길이 없는듯 합니다. 밝고 읽는데 ... 할 사람이 어디 있어요.

오이밭에 그물을 드리우듯, 손을 내밀어 주어야 합니다.

'꽃소리 /
'Sound of a Flower'

2003.
6·19
이해인
드림

손

붙잡고 오를 데가 없으면 오이넝쿨은 땅을 기어가야 합니다.

오이 밭에 그물을 드리우듯, 어린아이들에게도 손을 내밀어주어야 합니다.
오늘도 길에서 떠도는 아이들 많이 보입니다.
가족이 지키지 못하면 이웃이 손을 내밀어도 좋지요.

지장은 우리 민들레를 보았습니다.
볼품 없어도 꽃씨는 받습니다.
민들레는 민들레로 살고
망초는 망초로 삽니다.
질경이는 질경이로
살지요.
거친 땅, 길에서
사는 질경이는
모질게 클 수밖에 없지만
기름진 땅에서는
더 다른 모습으로 기름있고
의젓합니다.
이래도 저래도 제 모습 잃지 않고
온전한 질경이로 살아갑니다.
거기서 배웁니다.
나도 나답게 살아가야 하는 것이구나!

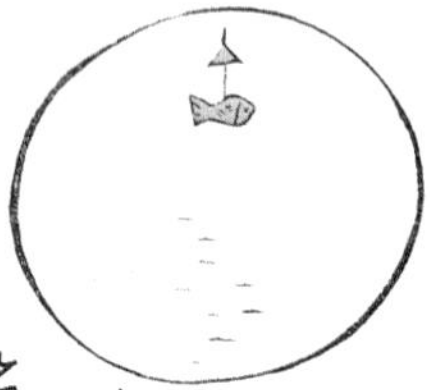

소리 하나.
아래로 아래로
내리는
아름다움

2003. 6. 19 이철수 드림

답게

민들레는 민들레로 살고 망초는 망초로 삽니다.
질경이는 질경이로 살지요.
나도 나답게 살아가야 하는 것이구나!

큰아이를 군에
입대 시키고 난
그저녁에,
어두워오는
하늘을 보았지요.

보충대 병영
어느 막사앞에
머리깎은
젊은놈들이
고향생각깨나
하겠구나-하는
생각이 들었습니다.
아이도
저녁하늘을
바라보고 있을까?
싶었습니다.
그하늘을
천천히 음미하고 싶어서,

뜰에 마당의자 하나
들여-놓고 잠시
생각에 잠겨볼
요량으로,
마당구석에서
의자하나
들고와
막앉
습니다.
아이다-잠시
교감하고 싶었
지요. 그때,
안에서
절 부르는 소리가
들렸습니다.
"여보,
들어와
식사하세요!"
2003.6.21
이철수드림

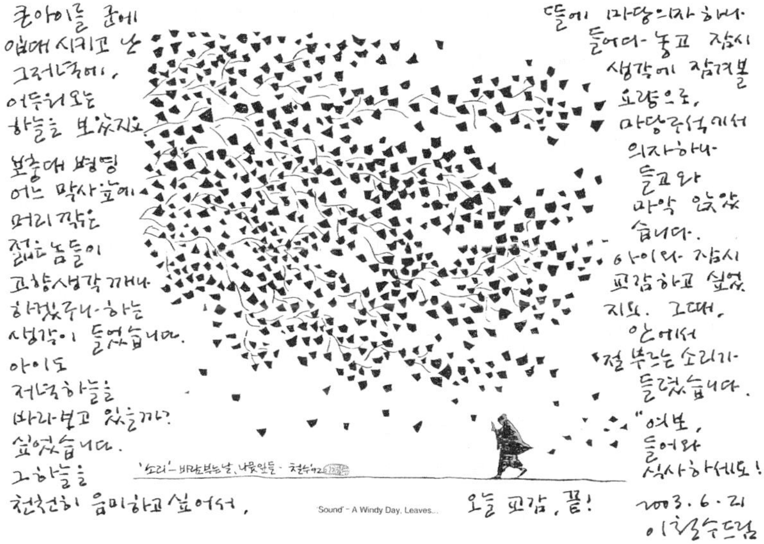

'소리'-바람부는날, 나뭇잎들 · 천수웅고

Sound' - A Windy Day, Leaves...

오늘 교감, 끝!

그 하늘

큰아이를 군에 입대시키고 난 그 저녁에, 어두워오는 하늘을 보았지요.
보충대 병영 어느 막사 앞에 머리 깎은 젊은 놈들이
고향 생각깨나 하겠구나 하는 생각이 들었습니다.
아이도 저녁 하늘을 바라보고 있을까? 싶었습니다.

양배추에
청벌레기.
많이 왔습니다.

모기 앉느라
고른 고랑이기.
올라오고 있는
양배추에
청벌레기.
하도 많이.
이대로는
양배추 온전히
따 보기
어렵겠습니다.

손으로
집어내서
밭골에
던져 놓았습니다.

상대측 한자루를 샀는데, 그 안에 벌레 먹고 썩은 통 한 알도 없었다. 붉은
대축통들 농약수술에 다 죽을 것인지… '양배추' 최순비 印

2003. 6. 24
이철수 드림

기어 와서 또
다시 드는 먹이
될지도 모르는
거리 지만
독한 살충제
안 쓰자면
다른 방법이
없습니다.
저도 여기서
작은 한 생애,
나도 여기서
작은 한 생애를
살다 가는 셈
입니다. 편히
살고 가게 놓아
두지 못하는 것
좀 미안하고.

청벌레

양배추에 청벌레가 많이 왔습니다.
손으로 집어내서 밭골에 던져 놓았습니다.
저도 여기서 작은 한 생애, 나도 여기서 작은 한 생애를 살다 가는 셈입니다.
편히 살고 가게 놓아두지 못하는 것 좀 미안하고.

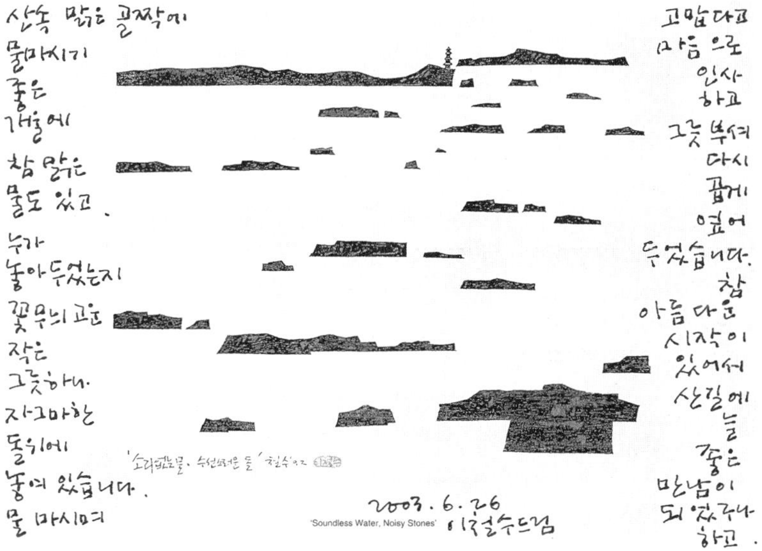

산속 맑은 골짝에
물마시기
좋은
개울에

참 맑은
물도 있고.

누가
놓아두었는지
꽃무늬 고운
작은
그릇하나.
자그마한
돌위에
놓여 있습니다.
물 마시며

고맙다고
마음으로
인사
하고
그릇 부셔
다시
곱게
엎어
두었습니다.
참
아름다운
시작이
있어서
산길에
늘
좋은
만남이
되었구나
하고.

'소리없는물. 수선떠는 돌' 차일수 2003

2003. 6. 26
'Soundless Water, Noisy Stones' 이철수드림

아름다운 시작

산속 맑은 골짝에 물 마시기 좋은 개울에 참 맑은 물도 있고,
누가 놓아두었는지 꽃무늬 고운 작은 그릇 하나
자그마한 돌 위에 놓여 있습니다.
고맙다고 마음으로 인사하고 그릇 부셔 다시 곱게 엎어두었습니다.
참 아름다운 시작이 있어서 산길에 늘 좋은 만남이 되었구나 하고.

한여름에는
시원한 바람을
쏘이라!
이 말씀이
선승의 목소리 란 것
아시는지요?
그 당연한
말씀은
무더위에 지친
우리들 마음 안에도
따뜻하게 있습니다.
배고프면 밥먹고!
목마르면 물을 마시고!
그런 말씀도
우리 몸안에
언제나 있지요.
나를 안다는 건

한여름에는
시원한 바람을
쏘이라.

2003. 6. 26
이철수드림

그런 본질적인
배고픔 과 목마름
을 이해 하는 일
이기도 합니다.
깊이 알아서,
그로부터
자유로와 지는 것,
그도 필요한 일이
되겠지만,
꼭 필요한 것
아니면
넌즈시 밀어놓을줄
아는
어는스러움도 거기
어디쯤 에서
찾아질 듯 싶습
니다. 오늘은
무더위가 잠시
바람 쐬시지요?

안다는 것

한여름에는 시원한 바람을 쏘이라! 이 말씀이 선승의 목소리인 것 아시는지요?

배고프면 밥 먹고! 목마르면 물마시고!

그런 말씀도 우리 몸 안에 언제나 있지요.

나를 안다는 건

그런 본질적인 배고픔과 목마름을 이해하는 일이기도 합니다.

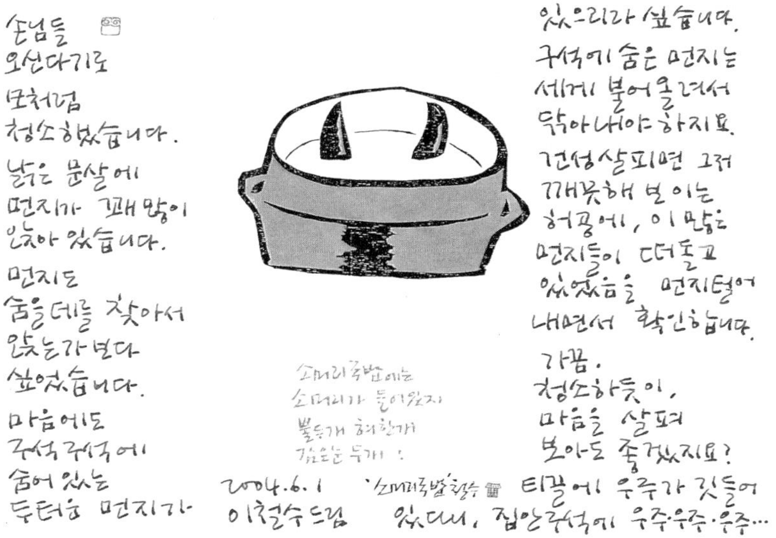

손님들
오신다기로
모처럼
청소하였습니다.
낡은 문살에
먼지가 꽤 많이
앉아 있습니다.
먼지도
숨을 데를 찾아서
앉는가 보다
싶었습니다.
마음에도
구석구석에
숨어 있는
두터운 먼지가

있으리라 싶습니다.
구석에 숨은 먼지는
세게 불어올려서
닦아내야 하지요.
건성살피면 그저
깨끗해 보이는
허공에, 이 많은
먼지들이 더더분고
있었음을 먼지털어
내면서 확인합니다.
가끔,
청소하듯이,
마음을 살펴
보아도 좋겠지요?

소머리 곰탕에는
소머리가 들어있지
불등개 허러한가
가스등 두기!

2004.6.1
이철수 드림

스께국발 청수 티끌에 우주가 깃들어
있다네, 집안구석이 우주우주·은주…

먼지

낡은 문살에 먼지가 꽤 많이 앉아 있습니다.
먼지도 숨을 데를 찾아서 앉는가 보다 싶었습니다.
마음에도 구석구석에 숨어 있는 두터운 먼지가 있으리라 싶습니다.
구석에 숨은 먼지는 세게 불어 올려서 닦아내야 하지요.

언제나.
나를 의심하고
내가 온전한 나 인지
확인하고 살아야 합니다.
밖에서 이야기하고
평가하는 나를
의식하고
조심스럽게 살아가는 것은
세속적인 삶의 지혜이지요.
그도 필요한 일입니다.
더 중요한 것은,
잠시 머물러 지내다
떠나야 하는
한생애를 얼마나
또렷하게 느끼며 알고
거기 합당하게 사는가 입니다.

- 저는. 이아무개라고 합니다.
- 정말 이신가?
  그대가 그이신가?

'당신이고 청수'

뜰에, 밤에, 뒤란에
잡초를 뽑아보면,
작은 풀 한포기도
무섭도록 집요하게
땅을 붙잡고 있다는
사실을 깨닫게 됩니다. 방석에 앉아서
그윽한 눈빛으로 나를
살피는건 복이 넘치는
이들이나 하시라 하고
바삐사는 생활속에서
경험없더라도, 자주
나를 돌아보는 순간들
만드시기 바랍니다.
내 인생, 내가 알고
내가 붙잡아야지요!
2004. 6. 1 이효순드림

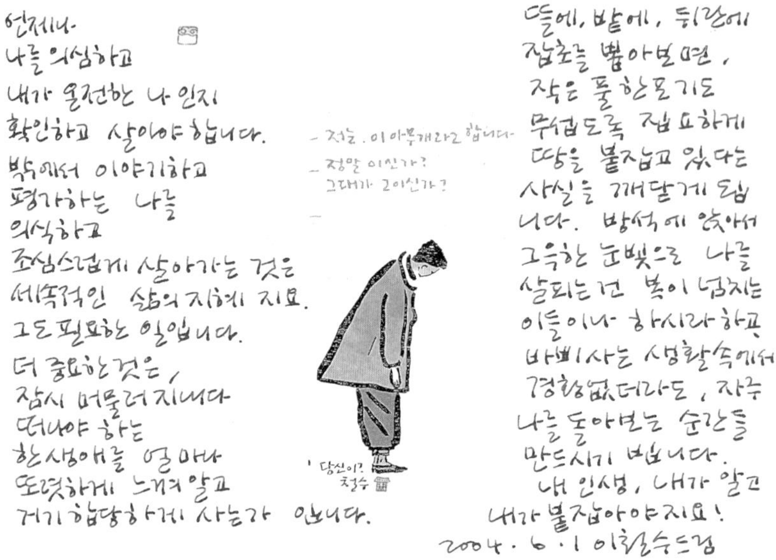

내 인생

뜰에, 밭에, 뒤란에 잡초를 뽑아보면,
작은 풀 한 포기도 무섭도록 집요하게
땅을 붙잡고 있다는 사실을 깨닫게 됩니다.
내 인생, 내가 알고 내가 붙잡아야지요!

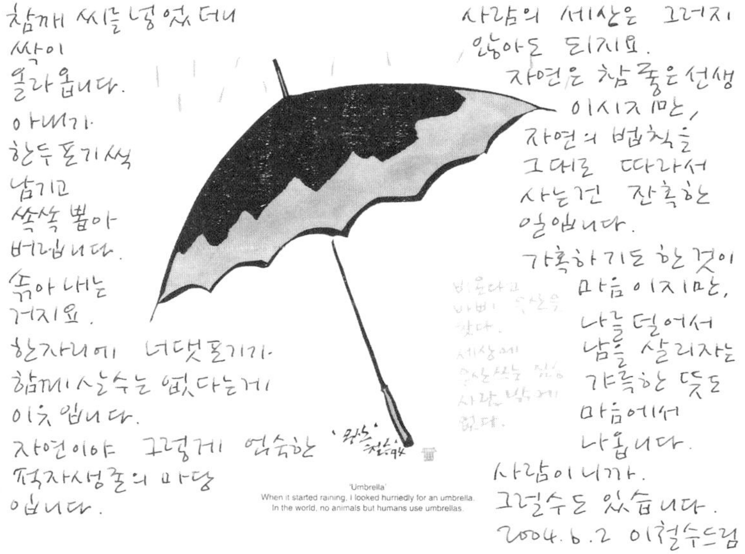

참깨 씨를 넣었더니
싹이
올라옵니다.
아내가
한두 포기씩
남기고
쏙쏙 뽑아
버립니다.
솎아 내는
거지요.
한자리에 너댓포기가
함께 살수는 없다는게
이웃입니다.
자연이야 그렇게 엄숙한
적자생존의 마당
입니다.

사람의 세상은 그렇지
않아도 되지요.
자연은 참 좋은 선생
이시지만,
자연의 법칙을
그대로 따라서
사는건 잔혹한
일입니다.
가혹하기도 한 것이
마음이지만,
나를 덜어서
남를 살리자는
가특한 뜻도
마음에서
나옵니다.
사람이니까.
그럴수도 있습니다.
2004.6.2 이철수드림

'Umbrella'
When it started raining, I looked hurriedly for an umbrella.
In the world, no animals but humans use umbrellas.

사람이니까

자연은 참 좋은 선생이시지만,
자연의 법칙을 그대로 따라서 사는 건 잔혹한 일입니다.
가혹하기도 한 것이 마음이지만,
나를 덜어서 남을 살리자는 가륵한 뜻도 마음에서 나옵니다.
사람이니까, 그럴 수도 있습니다.

길 가운데 앉아서
오가는 손님들 맞으면
얻는 것이 많습니다.

잘 살아서,
마음 건사를
잘 하고 있어서,
향기가 묻어나는
이들 있습니다.

평범해 보이고
세상에
허튼 이름이
나왔을 것은
아닌데
존재가 깊고
아름다우니

맺힌 봉오리 같고
벌어진 꽃송이
같습니다.
사람이 깊으면
꽃도 같아 보이고
별도 같아 보이고
…
새벽 들판에는
밤이슬로도
제 잎을 씻는
풀포기가 지천
입니다.
사람이 되어서
무엇으론들
제 마음을 씻지
못할까?

2004.6.6 이철수

비 막 비우고 로 구름산

The Color of Clouds That Just Emptied Themselves of Rain

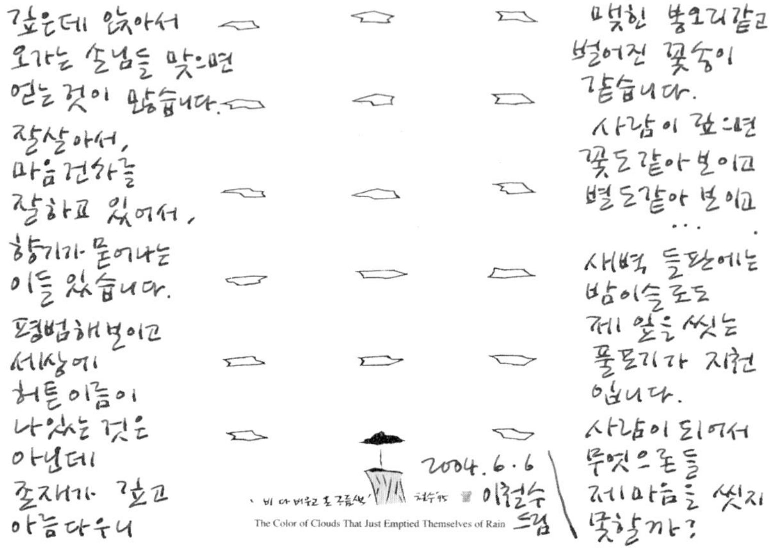

사람이 깊으면

사람이 깊으면 꽃도 같아 보이고 별도 같아 보이고…….
새벽 들판에는 밤이슬로도 제 잎을 씻는 풀포기가 지천입니다.
사람이 되어서 무엇으론들 제 마음을 씻지 못할까?

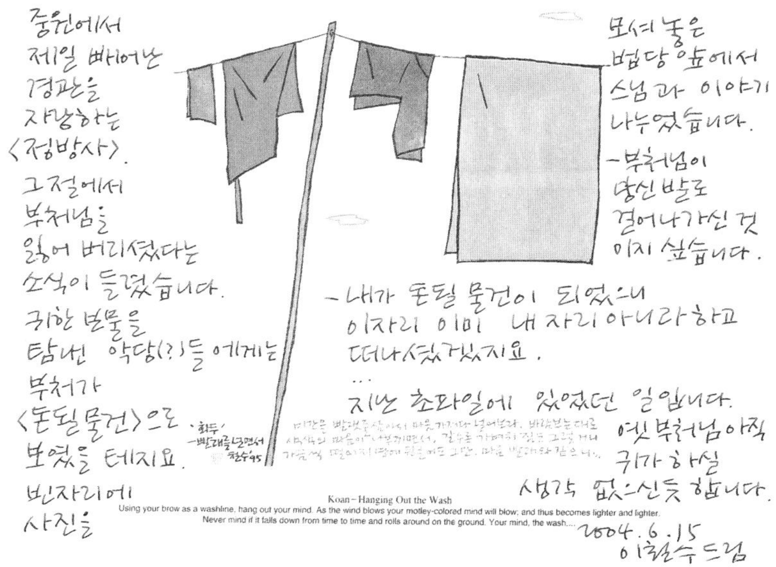

중원에서 제일 빼어난 경관을 자랑하는 〈정방사〉. 그 절에서 부처님을 잃어 버리셨다는 소식이 들렸습니다. 귀한 보물을 탐선 악당(?)들에게는 부처가 〈돈될 물건〉으로 보였을 테지요. 빈자리에 사진을

모셔 놓은 법당 앞에서 스님과 이야기 나누었습니다. - 부처님이 당신 발로 걸어나가신 것이지 싶습니다.

- 내가 돈될 물건이 되었으니 이 자리 이미 내 자리 아니라하고 떠나셨겠지요. … 지난 초파일에 있었던 일입니다. 옛 부처님 아직 귀가 하실 생각 없으신듯 합니다. 2004. 6. 15 이철수 드림

Koan - Hanging Out the Wash
Using your brow as a washline, hang out your mind. As the wind blows your motley-colored mind will blow; and thus becomes lighter and lighter. Never mind if it falls down from time to time and rolls around on the ground. Your mind, the wash...

부처님

중원에서 제일 빼어난 경관을 자랑하는 '정방사'.
그 절에서 부처님을 잃어버리셨다는 소식이 들렸습니다.
-부처님이 당신 발로 걸어 나가신 것이지 싶습니다.
-내가 돈 될 물건이 되었으니 이 자리 이미 내 자리 아니라 하고 떠나셨겠지요.

올해는 김 어딘가 밭에 옥수수를 심었습니다. 그밭에 초벌 김매기를 하고 났더니 밭꼴이 났습니다. 웃거름까지 주고 났으니 얼말쯤 시작하리라는 장마철도 겁나지 않습니다. 한밭에 한날 심은 옥수수가 저마다 키가 다릅니다. 무슨 조화 속인지 모르겠다 싶습니다. 퇴비거름뿌려 트랙터로 깊이갈아엎은 흙이 여기저기 거름기 몰려있을리 없는데…

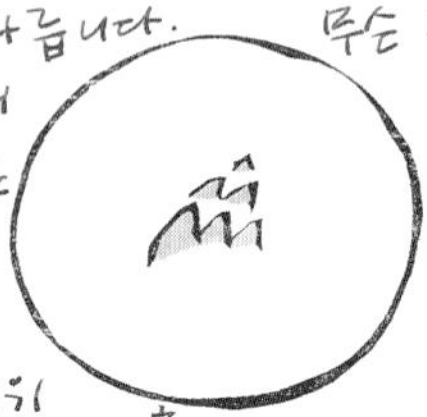

그래도 장마비와 찌는더위 지나고 나면 어지간히 고르게 되리라 짐작합니다.
이렇게 키가 고르지못한 사회도 그런 고비겪으면서 고르게 되었으면… 싶습니다.
평등주의자가 아니더라도 헐벗고 힘겨운 이웃을 곁에 두고 혼자 편한기분이 되기는 어려운 법이지요. 집값도 턱없이 비싸지고, 직장 얻기도 어렵지만 얻은직장 지키기도 쉽지않다하고…

2004.6.16
이철수드림

키가 고르지 못한

한 밭에 한날 심은 옥수수가 저마다 키가 다릅니다.
그래도 장맛비와 찌는 더위 지나고 나면
어지간히 고르게 되리라 짐작합니다.
이렇게 키가 고르지 못한 사회도
그런 고비 겪으면서 고르게 되었으면…… 싶습니다.

아침, 비개인뒤 논밭이 어떤지 궁금해서 한바퀴 돌아보러 나섰습니다. 사거리 담벽에 공책을 대고 부지런히 무언가 쓰고 있는 초등학생 아이가 있었습니다. 아침 등교길에 못다한 숙제를 하는 듯하였습니다. 마침 비가 몇방울 떨어지기 시작하고, 아이 손끝이 더 바빠집니다. 바람은 검하고, 모름에 차고가방과 우산이 끝 떨어지게 생겼습니다.

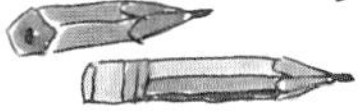

-비온다. 거기서 하지말고 아저씨네 차고에 들어가서 해라! 제가 그렇게 이야기 건넸더니 순순히 절 따라 오았습니다. 차고 문을 올려 주고 빈상자를 꺼내 주었습니다. 차고에 불도 켜주고, 논밭 한바퀴 돌아 보고 들어오다 보니 우산쓰고 학교로 들어가는 아이 뒷모습이 보입니다. 숙제 못했느냐거니 하는 소리 한마디도 하지않았습니다. 오다가다 만나면 큰소리로 인사 하고 다니던 아이입니다. 서로 믿을 수 있는 상대로 인정(?)하는 사이지요. 잘 커가겠지요!　2004. 6. 22 이철득드림

믿을 수 있는 상대

사거리 담벽에 공책을 대고 부지런히 무언가 쓰고 있는
초등학생 아이가 있었습니다.
아침 등굣길에 못 다한 숙제를 하는 듯했습니다.
-비 온다. 거기서 하지 말고 아저씨네 차고에 들어가서 해라!
숙제도 못 했느냐거니 하는 소리 한마디도 하지 않았습니다.

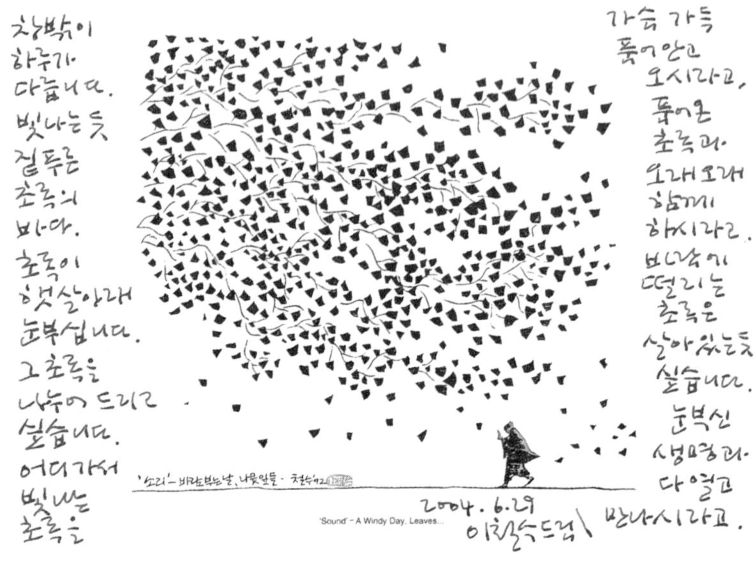

'소리' - 바람부는날, 나뭇잎들 · 초천수채
'Sound' - A Windy Day. Leaves...

2004. 6. 29
이창수드림

창밖

빛나는 듯 짙푸른 초록의 바다. 초록이 햇살 아래 눈부십니다.
그 초록을 나누어드리고 싶습니다.
어디 가서 빛나는 초록을 가슴 가득 품어 안고 오시라고,
품어온 초록과 오래오래 함께하시라고.

감정이 격해져서 이야기하고 나면 두고두고 후회하게 될 때가 있지요. 몸과 마음의 껍데기가 하는 짓이 늘 그러기 쉽습니다. 마음깊은데 있는 듯 싶은 너그러움을 데려다 대신 이야기 하는 수 있으면 그런 어리석은 짓은 덜하게 될 텐데 …, 그게 쉬운 일이 아닙니다. 바쁜 일상은 그런 여유를 허락하지도않습니다. 자주는 아니더라도, 몸과 마음을 텅비우고 조용히 쉬게 한수 있어야 합니다. 세상의 온갖 화제와 '뉴스'에서도 놓여나고, 쉼없는 일. 과제·역할 따위에서도 놓여 날 수 있으면 더 좋겠지요.

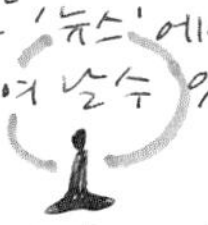

생명이, 바람없는데서 촛불 타오르듯 미동도 하지 않을 수야 없는 터 이지만, 적어도 세상일로 옆을 돌아볼 수 없이 바삐 돌아가는 것에서 는 비켜 날 수 있어야 합니다. 가끔 어려우면 잠시라도 그런 값은 멈춤을 경험할 수 있어야 하지요. 믹서나 그라인더 처럼 고속 회전 하는 기계들마다 일정한 시간 쓰고 나면 멈춤의 쉬라는 사용설명이나 주의 사항이 있습니다. 사람은 고성능 모터가 달린 기계도 아닙니다. 굳이 표현하면 저속의 저소음 기계에 가까울듯 합니다. 쉬지 못하면 요란한 소리를 내다가 망가지고 맙니다.
2004·6·29 이철수드림

주의사항

사람은 고성능 모터가 달린 기계도 아닙니다.
굳이 표현하면 저속의 저소음 기계에 가까울 듯합니다.
쉬지 못하면 요란한 소리를 내다가 망가지고 맙니다.

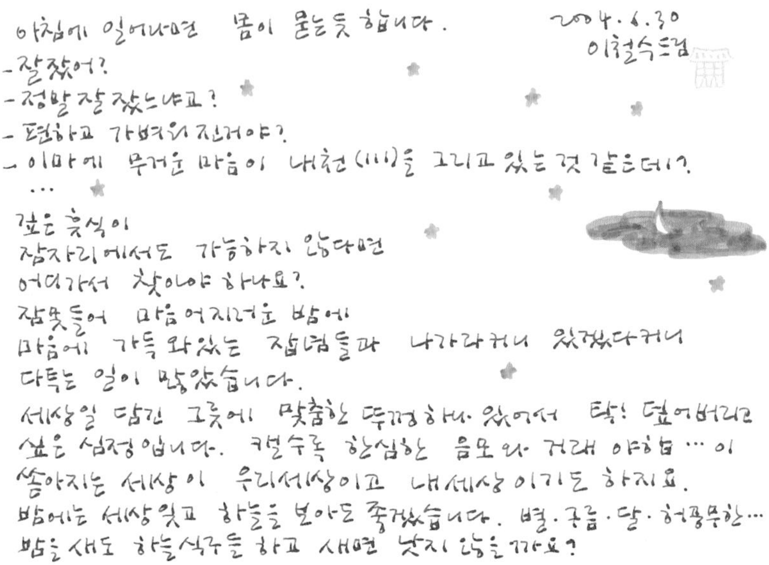

아침에 일어나면 몸이 묻는듯 합니다. 2004. 6. 30
- 잘잤어? 이철수 드림
- 정말 잘 잤느냐고?
- 편하고 가벼워지진거야?
- 이마에 무거운 마음이 내천(川)을 그리고 있는 것 같으더냐?
  ...
잠은 휴식이
잠자리에서도 가능하지 않다면
어디가서 찾아야 하나요.
잠못들어 마음 어지러운 밤에
마음에 가득 와있는 잡념들과 나가라거나 있겠다거니
다툰는 일이 많았습니다.
세상을 담긴 그릇에 맞춤한 뚜껑 하나 있어서 탁! 덮어버리고
싶은 심정입니다. 캘수록 한심한 음모와 거래 야합 ... 이
쏟아지는 세상이 우리세상이고 내세상 이기도 하지요.
밤에는 세상 잊고 하늘을 보아도 좋겠습니다. 별·구름·달·허공무한...
밤을 새도 하늘식구들 하고 새면 낮지 않을까요?

휴식

세상 일 담긴 그릇에 맞춤한 뚜껑 하나 있어서
탁! 덮어버리고 싶은 심정입니다.
캘수록 한심한 음모와 거래 야합이 쏟아지는 세상이
우리 세상이고 내 세상이기도 하지요.
밤에는 세상 잊고 하늘을 보아도 좋겠습니다.

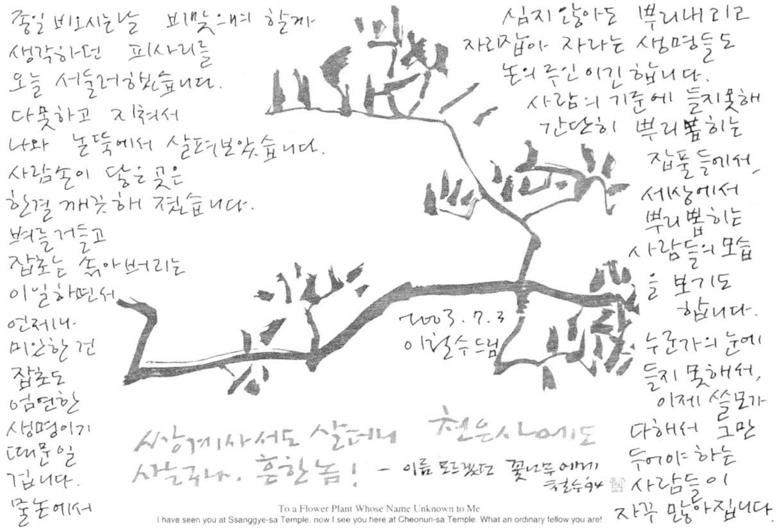

To a Flower Plant Whose Name Unknown to Me
I have seen you at Ssanggye-sa Temple. now I see you here at Cheonun-sa Temple. What an ordinary fellow you are!

잡초

벼를 거들고 잡초는 솎아버리는 이 일 하면서 언제나 미안한 건
잡초도 엄연한 생명이기 때문일 겁니다.
사람의 기준에 들지 못해 간단히 뿌리 뽑히는 잡풀들에서,
세상에서 뿌리 뽑히는 사람들의 모습을 보기도 합니다.

비가 굉장했습니다.
친구를 따라서
의젓지 않은
소박한 음식점에서
소중한 잔 하고
있을 때도
그러더니 돌아와.
보듯도록 비가.
쏟아졌습니다.
십수년전,
이사해온 시골집에
비가샜습니다.
방에, 마루에,
부엌 낮은 천장에
모두비가 새서
양동이·대야를
모두 받쳐 두어야
했습니다. 이듬해,

지붕을 새로
잇고 나니
오시는 비가
그리 미웁지는
않았습니다.
십수년으르고 나니
조만간 지붕이
다시 문제를 일으키
게 될지도 모르겠다
싶습니다.
아파트·연립
주택들이 많아
지면서 낙숫물
보기도 어려워
졌습니다.
들이치는 비를
피해서 마루
밑으로 신발을 감추던
시절도 있었는데…

'소리'

—낙숫물— 경숙42

2003.7.9
'Sound' - Eavesdrops
이철수드림

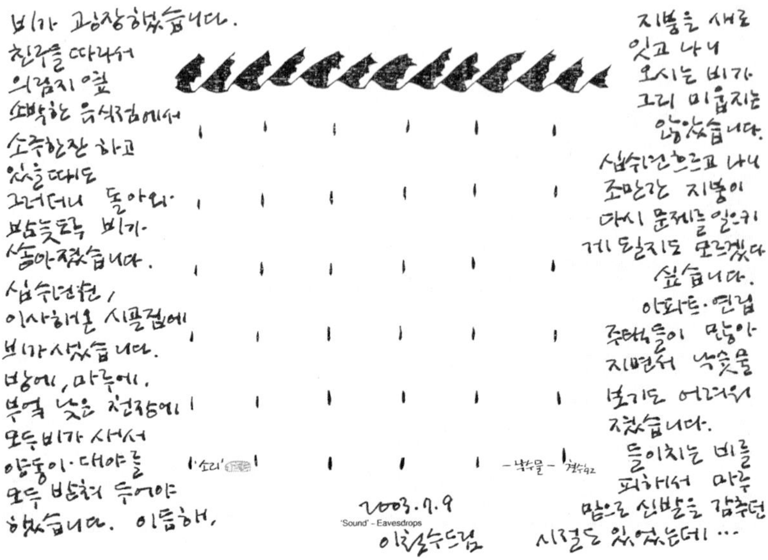

비

십수 년 전, 이사해온 시골집에 비가 샜습니다.
방에, 마루에, 부엌 낮은 천장에 모두 비가 새서
양동이 · 대야를 모두 받쳐두어야 했습니다.
이듬해, 지붕을 새로 잇고 나니 오시는 비가 그리 미웁지는 않았습니다.

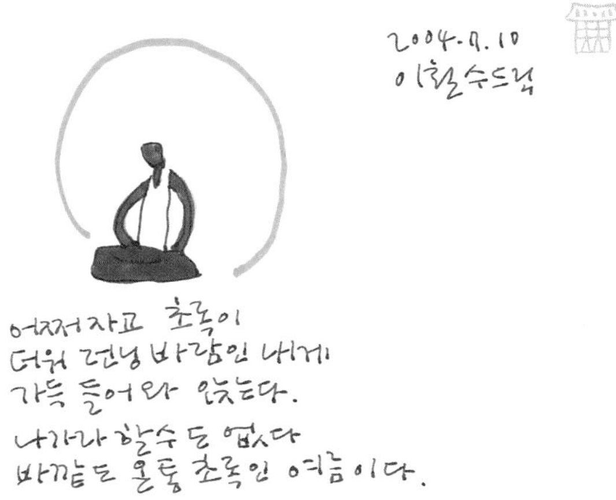

2004. 7. 10
이형수도녁

어쩌저자고 초록이
더워 런닝 바람인 내게
가득 들어와 앉는다.
나가라 할수도 없다
바깥도 온통 초록인 여름이다.

초록

어쩌자고 초록이 더워
런닝 바람인 내게 가득 들어와 앉는다.
나가라 할 수도 없다.
바깥도 온통 초록인 여름이다.

작은밭에서,
동부콩이라고 부르는
올콩을 거두었습니다.

밤에 놓아먹으면
맛있는 콩 입니다.
조금 덜여문
그놈들을 다다려가
껍질을 벗기고
냉장고에 넣어두면
한해 내내
먹을수 있다고
합니다.

콩이야
밭에서 마저 여물어
콩깍지 터질때
톡! 튀어서
나오고 싶었겠지요.

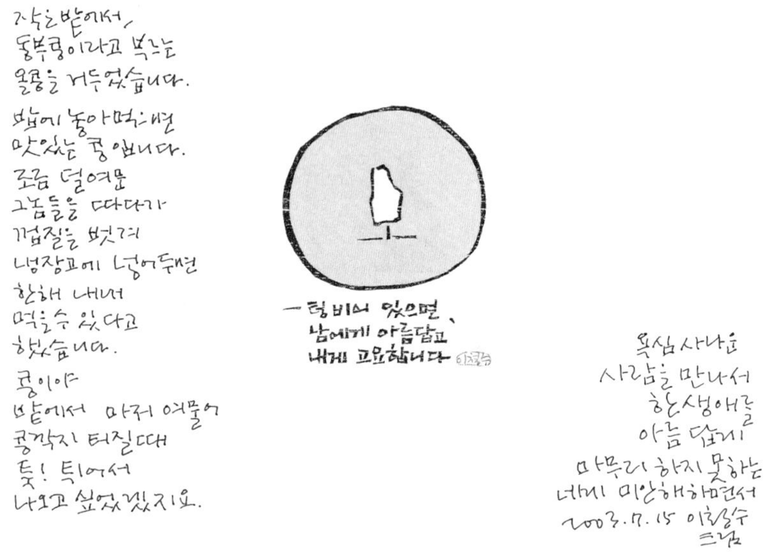

— 텅 비어 있으면
남에게 아름답고
내게 고요합니다.

욕심 사나운
사람을 만나서
한생애를
아름답게
마무리 하지 못하는
너게 미안해하면서
2003. 7. 15 이철수
드림

동부콩

작은 밭에서, 동부콩이라고 부르는 올콩을 거두었습니다.
콩이야 밭에서 마저 여물어 콩깍지 터질 때 톡! 튀어서 나오고 싶었겠지요.
욕심 사나운 사람을 만나서
한 생애를 아름답게 마무리하지 못하는 네게 미안해하면서……

전화가 왔습니다.
지루하게 쏟아지는 비가 그치고
모처럼 맑다고.
오늘은 저녁노을이
드가의 그림에서 보던
파스텔 조로
아름답다고.
엘라 핏쳐럴드의 노래를
틀어놓고
노을을 보고 있다고.
생각나서
그렇게
바보같이 전화한다고
하였습니다.
노을이 좋으셨던가 봅니다.
저도 바보같이 전화 받는 터라
너무 조심스러울것 없다고
말씀 드렸습니다.

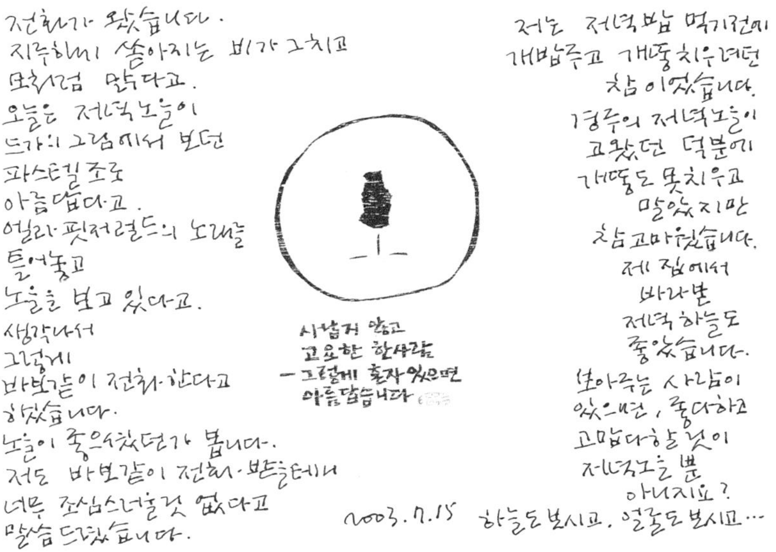

시답지 않고
고요한 한사람
— 그렇게 혼자 있으면
아름답습니다

저는 저녁 밥을 먹기전에
개밥주고 개똥 치우려던
참이었습니다.
경주의 저녁노을이
고왔던 덕분에
개똥도 못치우고
말았지만
참 고마웠습니다.
제 집에서
바라본
저녁 하늘도
좋았습니다.
보아주는 사람이
있으면, 좋다하고
고맙다할 것이
저녁노을 뿐
아니지요?

2003. 7. 15 하늘도 보시고, 얼굴도 보시고…

전화

지루하게 쏟아지는 비가 그치고 모처럼 맑다고,
오늘은 저녁노을이 드가의 그림에서 보던 파스텔조로 아름답다고,
엘라 피츠제럴드의 노래를 틀어놓고 노을 보고 있다고.
생각나서 그렇게 바보같이 전화한다고 했습니다.

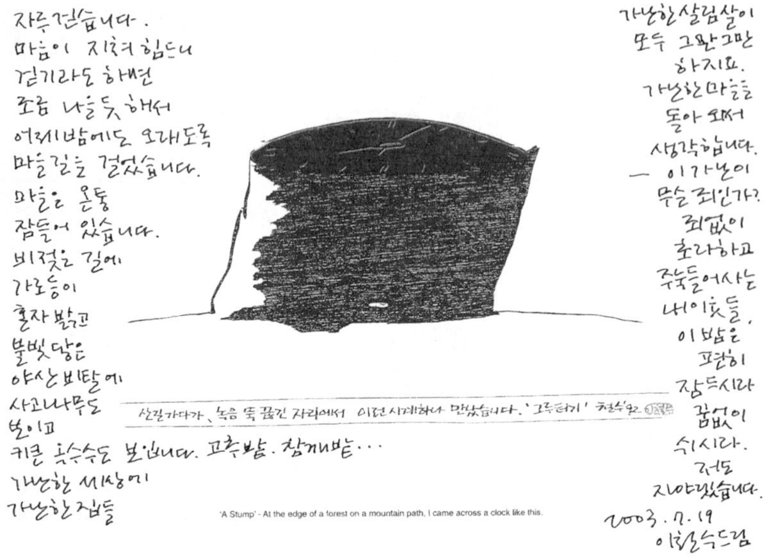

자꾸 걷습니다.
마음이 지쳐 힘드니
걷기라도 하면
조금 나을 듯해서
어제 밤에도 오래도록
마을길을 걸었습니다.
마을은 온통
잠들어 있습니다.
비켜선 길에
가로등이
혼자 밝고
불빛 닿은
야산 비탈에
사과나무도
보이고
키큰 옥수수도 보입니다. 고추밭. 참깨밭...
가난한 세상끼
가난한 잠들

가난한 살림살이
모두 그만그만
하지요.
가난한 마을을
돌아 오면서
생각합니다.
— 이 가난이
무슨 죄인가?
죄없이
초라하고
주눅들어 사는
내 이웃들,
이 밤은
편히
잠드시라
꿈없이
쉬시라.
저도
자야겠습니다.
2003. 7. 19
이철수 드림

산길 가다가, 녹슨 뚝 끓긴 자리에서 이런 시계하나 만났습니다. '그루터기' 처럼 '92 [초]

'A Stump' - At the edge of a forest on a mountain path, I came across a clock like this.

가난한 마을

- 이 가난이 무슨 죄인가?

죄 없이 초라하고 주눅 들어 사는 내 이웃들,
이 밤은 편히 잠드시라.
꿈 없이 쉬시라.
저도 자야겠습니다.

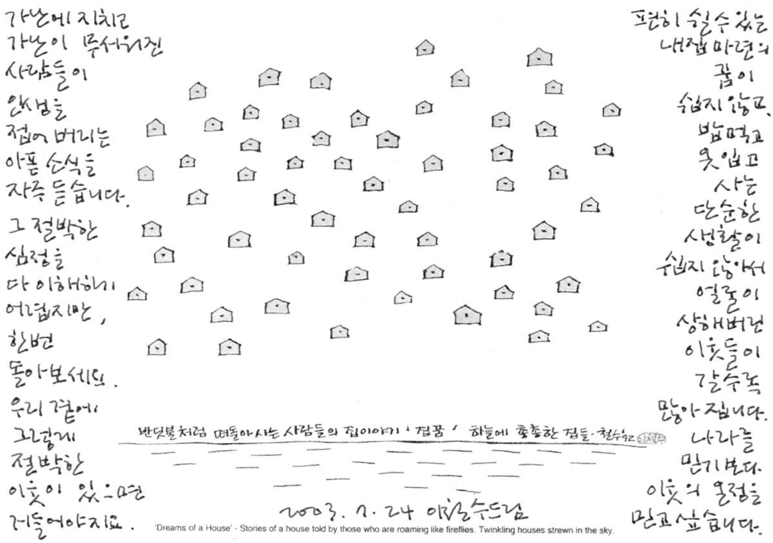

가난에 지치고 가난이 무서워진 사람들이
앳방을 접어 버리는 아픈 소식을 자주 듣습니다.
그 절박한 심정을 다 이해하기 어렵지만,
한번 돌아보세요. 우리 곁에, 그렇게 절박한 이웃이 있으면 거들어야지요.

편히 쉴 수 있는 내집 마련의 꿈이 쉽지 않고,
밥먹고 옷 입고 사는 단순한 생활이 쉽지 않아서 얼굴이 상해버린 이웃들이 갈수록 많아집니다. 나라를 믿기보다 이웃의 온정을 믿고 싶습니다.

반딧불 처럼 떠돌아 사는 사람들의 집이야기 '집꿈' 하늘에 총총한 집들·청수화

2003. 7. 24 아침을 수느집

'Dreams of a House' - Stories of a house told by those who are roaming like fireflies. Twinkling houses strewn in the sky.

이웃

가난에 지치고 가난이 무서워진 사람들이 인생을 접어버리는
아픈 소식을 자주 듣습니다.
나라를 믿기보다 이웃의 온정을 믿고 싶습니다.

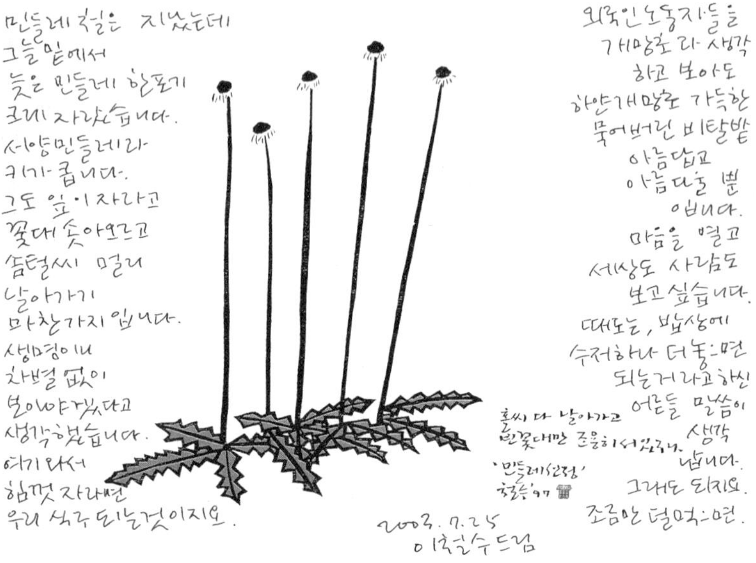

민들레 철은 지났는데
그늘 밑에서
늦은 민들레 한포기
크게 자랐습니다.
서양민들레라
키가 큽니다.
그도 잎이 자라고
꽃대 솟아오르고
솜털씨 멀리
날아가기
마찬가지입니다.
생명이니
차별 없이
보여야겠다고
생각했습니다.
여기 와서
함껏 자라면
우리 식구 되는것이지요.

외국인노동자들을
개망초라 생각
하고 보아도
하얀개망초 가득한
묵어버린 비탈밭
아름답고
아름다울 뿐
입니다.
마음을 열고
세상도 사람도
보고 싶습니다.
때로는, 밥상에
수저하나 더놓으면
되는거라고하신
어른들 말씀이
생각
납니다.
그래도 되지요.
조금만 덜먹으면.

혹씨 다 날아가고
한꽃대만 조을지 않을까요.
'민들레 123장'
이철수 드림

2003. 7. 25
이철수 드림

마찬가지

민들레 철은 지났는데 그늘 밑에서 늦은 민들레 한 포기 크게 자랐습니다.
서양 민들레라 키가 큽니다.
외국인 노동자들을 개망초라 생각하고 보아도,
하얀 개망초 가득한 묵어버린 비탈밭 아름답고 아름다울 뿐입니다.

늘 어머니와 아버지 이야기 뿐이냐고
나무라듯하는 이들도
계십니다.
남자도 할 이야기 있느냐고
흘겨보는 눈이 격렬스러워
그런다고 대답하지요.
그래도 가끔,
남자들 불쌍하다고
이야기 할때 있습니다.
일해서 가정을 꾸리느라
겨를이 없는 남자들,
머릿속도 비지요
마음은 메말라 가지요
몸은 지치지요.
술이나 한잔!
그럴때가 있을겁니다.
나이드신 남자분들은
천덕꾸러기 취급을 받기도 합니다.

소리없이 가만히 섰는 그
'조롱하다'
2003. 7.26
이철수 드림

그 불쌍한
남자를 위해서
무얼해야
하는지.
저도 모릅니다.
벌어오는 돈,
세상에서 받는
대접,
그런 것하고
상관 없이
온전히
사람으로만
대우하고
관계하는
그런세상이
오기전에는
별쪽한 수가
없겠지요.
아버지들
힘내세요.

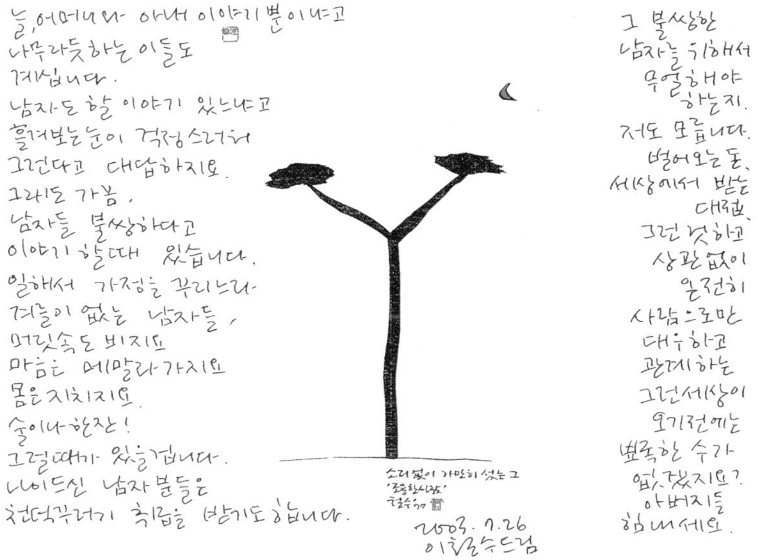

힘내세요

일해서 가정을 꾸리느라 겨를이 없는 남자들, 머릿속도 비지요.
마음은 메말라가지요. 몸은 지치지요. 술이나 한잔! 그럴 때가 있을 겁니다.
나이 드신 남자분들은 천덕꾸러기 취급을 받기도 합니다.
그 불쌍한 남자를 위해서 무얼 해야 하는지 저도 모릅니다.

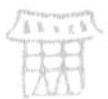

방바닥에 거미 한마리 기어갑니다.
가벼운 몸에 가늘고 섬세한 다리가 예쁩니다.
저 작고 가벼운 존재는 무얼 먹고 사나 생각하였습니다.
너도 이승에 다니러온 손님이지?
나도 비슷한 처지거든.
어디 가시는 길이지?
그래 일러 준다고
그걸 내가 알리도 없지.
너무 가까이 오지는 말아줘.
가까이 오면 좀 꺼림칙하거든. 너 예쁜 거미 인데도 ….
너게는 내 손이 너무 우악스럽고 거친 상대일테니까.
그래. 조금만 서로 조심하자꼬.
너무 불편하게만 않으면 나도 널 못살게 줄 생각 없어.
잘다녀가! 내일 다시 보게 될까?
잠시. 거미와 만났습니다. 저는 내손님 나는 거미네손님.
그런 관계 였겠지요?
　　　　　　　2006. 7. 1 이향숙드림

거미

너도 이승에 다니러온 손님이지? 나도 비슷한 처지거든.

어디 가시는 길이지?

잠시. 거미와 만났습니다.

저는 내 손님 나는 거미네 손님. 그런 관계였겠지요?

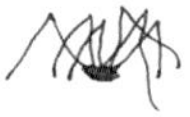

밖에는 여전히 비가 오시는데 저는 별없는 하늘 그림을 새기고 있습니다. 하늘, 주인도 없이 넓고 넉넉하기만한, 큰 허공이 늘 좋습니다. 하늘 중요것이야 남녀 노소를 가릴 필요가 없습니다. 허전한듯도 하고 쓸쓸한 듯도한 그 하늘을 가끔 바라보다 들어오곤 합니다. 언제나 가벼워 집니다. 하늘과 오래 만나고 나면, 세상에 어느존재가 내마음을 그렇듯 가볍고 홀가분하게 해줄수 있을까? 하늘은 참 큰 그릇 입니다.

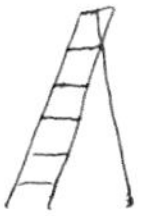

그 하늘에서 오늘은 비가 오십니다. 눈물같기도 하고 나직한 목소리의 야단 같기도 합니다. 알겠습니다. 잘살겠습니다.
2004. 7. 2 이철수드림

하늘

하늘은 참 큰 그릇입니다.
그 하늘에서 오늘은 비가 오십니다.
눈물 같기도 하고 나직한 목소리의 야단 같기도 합니다.
알겠습니다. 잘 살겠습니다.

한이틀 내린 비탓에
우렁이 알이 논바닥에
떨어져 있으.
물속에 들었으니
썩어 사라질 운명이 되었다.
붉은 우렁이알들이
봄날 철 모르고 서둘러 피었다 지는
꽃처럼 슬프다.
하늘은 그렇게
무심한 것이기도하다
그 무심을 잔인하다 하고 싶지는 않으.
하늘이 내내
비눈물 쏟고 계셨으니.
비.
이제개고
흘러갈것은 그렇게, 흘러가고.　　2004. 7. 4 이철수 드림

비 눈물

붉은 우렁이 알들이 봄날 철모르고 서둘러 피었다 지는 꽃처럼 슬프다.

비.
이제 개고.
흘러갈 것은 그렇게, 흘러가고.

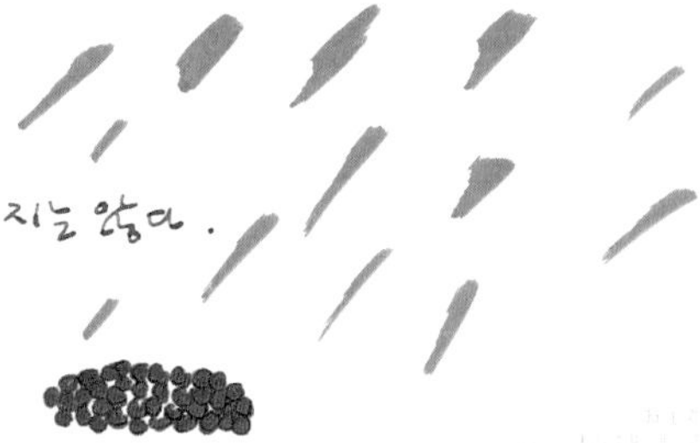

아내가
오이 한소쿠리 따오면서
방울토마토 몇알 곁들여 왔다.
- 벌써 익었어요?
- 달다!

그렇게,
자연은 쉼없다.
심는 수고는 잠깐이었는데,
쉬지 않고 키워내는 긴 수고는 언제나
하늘의 몫이다

오이 푸르고
토마토 붉은 여름.
좋은날!
2004. 7.5 이철수드림

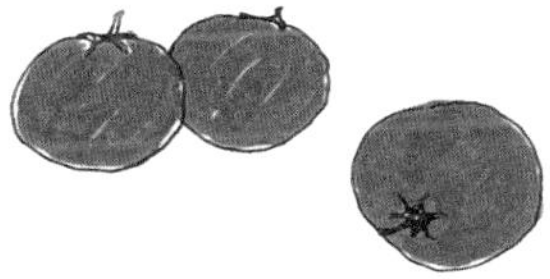

좋은 날

-벌써 익었어요?
-달다!

오이 푸르고 토마토 붉은 여름.
좋은 날!

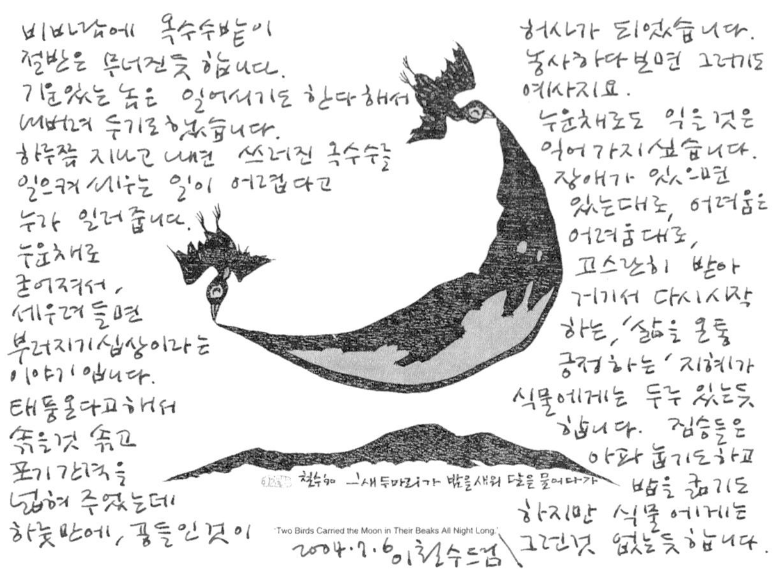

비바람에 옥수수밭이
절반을 무너진듯 합니다.
기운있는 놈은 일어서기도 한다 해서
쓰러져 숨기로 했습니다.
하룻잠 지내고 내건 쓰러진 옥수수를
일으켜 세우는 일이 어렵다고
누가 일러줍니다.
누운채로
굳어져서,
세우려 들면
부러지기십상이라는
이야기입니다.
태풍온다고해서
숨을것 숨고
포기간직을
넘겨 주었는데
하룻밤에, 꿈들인것이

허사가 되었습니다.
농사하다 보면 그러기도
여사지요.
누운채로도 익을 것은
익어가지 싶습니다.
장애가 있으면
있는대로, 어려움은
어려움대로,
고스란히 받아
거기서 다시시작
하는, '삶을 온통
긍정하는' 지혜가
식물에게는 두루 있는듯
합니다. 짐승들은
아파 울기도하고
밤을 굶기도
하지만 식물에게는
그런것 없는듯 합니다.

청주에 _새 두마리가 밤을새워 달을 물어다가
Two Birds Carried the Moon in Their Beaks All Night Long.
2004.7.6 이철수 드림

누운 채로도

누운 채로도 익을 것은 익어가지 싶습니다.
장애가 있으면 있는 대로, 어려움은 어려움대로,
고스란히 받아 거기서 다시 시작하는,
'삶을 온통 긍정하는' 지혜가 식물에게는 두루 있는 듯합니다.

논밭에서 일하고 나면 옷이 흙투성이가 되기도 합니다. 2004. 7. 8
더러워졌다고 받아 입는 것이 우리 버릇이기는 하지만 이철수 드림
흙처럼 깨끗하고 넉넉한 힘도 없지 싶습니다.
흙은 어머니의 자애로운 마음처럼 온갖 더럽고 독하고 낯선 것들을
모두 품어서 깨끗하고 순하게 만들어 버립니다.

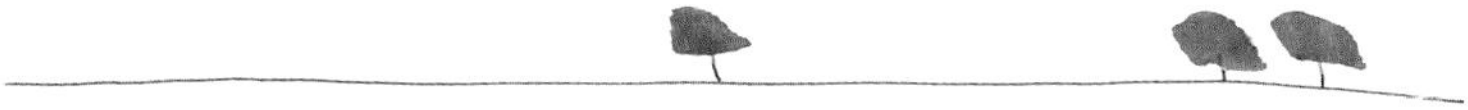

온갖 땅위의 생명들이 흙으로 돌아나서 깨끗이 사라져 버리는
기적같은 일이 없었다면 세상은 시신들의 더미에 묻히거나
파탄에 이르게 되었겠지요?
어머니같은 대지. 땅. 흙의 힘으로 초록 풍광이 그득해진 여름을
맞았습니다. 몸이 고달프긴 하지만 흙을 밟고 일하는 날이
좋은 것은, 우리가 올 자리, 우리가 돌아갈 자리에서 다답을러는
것이기 때문일지도 모릅니다. 오늘은 흙투성이 물투성이가 된 옷을
두번이나 벗어 냈습니다. 아내가 농담 섞어 나무랍니다.
아이들처럼 하루에 몇번씩 옷을 더럽히고 뭐하는 거냐고!

흙투성이

논밭에서 일하고 나면 옷이 흙투성이가 되기도 합니다.

오늘은 흙투성이 물투성이가 된 옷을 두 번이나 벗어냈습니다.

아내가 농담 섞어서 나무랍니다.

아이들처럼 하루에 몇 번씩 옷을 더럽히고 뭐 하는 거냐고!

때로는 술한잔 가볍게 하고 이야기도 나누고 하면
좋지요. 술을 익숙하게 마실줄 모르는 사람이라서
술을 이야기할 줄레는 못됩니다. 알콜중독이어서 오래
술과 싸워야했던 친구가 다녀 가면서, 술이 무서운
것이기도 하구나 하는   생각이 들었습니다.

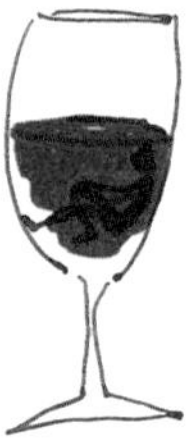

2004. 7. 12 이강숙드림

술이 사람을 망가뜨리기도한다니 말입니다. 여러해져째
술을 끊고 사는 친구는, 술을 이기기위해서 마음수행하는 사람
처럼 끊임없이 저마음을 들여다 본다고했습니다.
술뿐인가요? 우리마음에서 우리를 망가뜨리려드는 많은 유혹들!

유혹

여러 해째 술을 끊고 사는 친구는,
술을 이기기 위해서 마음 수행하는 사람처럼 끊임없이
제 마음을 들여다본다고 했습니다.
술뿐인가요? 우리 마음에서 우리를 망가뜨리려 드는 많은 유혹들!

가난한 집에 냉장고가 텅비어 있죠, 간장 혹은 고추장에 맨밥을 비벼 먹는다는 이야기를 TV 에서 보았습니다. 나이어린 자녁에게 찬없는 맨밥을 먹이는 젊은 어머니의 가슴속이 보이는듯 합니다. 아직 젊은 여인의 꿈이 펴려허가 되어 있을 것도 가슴아프고, 여린 아이들이 가난의 칼끝에 깊이 상처받아 오래 오래 그 기억에 갇혀 살아갈것도 가슴 아픕니다. 제 세대에는 익숙한 기억 입니다. 대개들 가난 하게 살았으니 부끄러움도 서로 이해하고 덮을수 있겠습니다. 소득 1만불 시대. 아무래도 허깨비고 그림의 떡 입니다.   2004.7.2 이철수드림

밥한그릇 간장한종지를 상차리려하는 젊은 어미는 가슴찢어지고, 텅빈 밥상에 마주앉은 아이는 그감정을 가누기 어렵지만, 가난한 어머니 당신이 그 앞에 앉아 있으니 그 모든 어려움을 아이들이 이해할겁니다. 상처는 쉽게 아물고, 가족이 서로 보듬어 안는 연민과 사랑은 상처보다 더 깊어 갈겁니다. 기운내시기를. 돌아보세요. 때로 낯선 이웃도 당신편 이 됩니다.

기운 내시기를

밥 한 그릇 간장 한 종지를 상차림한 젊은 어미는 가슴 찢어지고,
텅 빈 밥상에 마주앉은 아이는 그 감정을 가누기 어렵지만,
가난한 어머니 당신이 그 앞에 앉아 있으니
그 모든 어려움을 아이들이 이해할 겁니다.

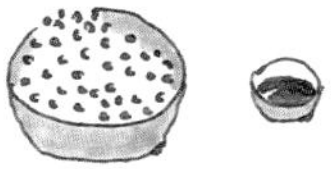

술떡 두어쪽·자두 두알·차한잔.　　　2004.7.22 이철수드림

아침 상차림이 그랬습니다.　그걸 쓰(씹)으면서 '연쇄살인'을
화제로 삼아 아내와 이야기 나누었습니다.

- 서구에서는 수십년을 두고 그런 짓을 해온 살인광들도 꽤나
있다는데요?
아내가 TV에서 보았다며 전해준 이야깁니다.

- 세상이 이렇게 흘러가다 보면 그런 범죄도 끊이지 않겠다는
전망분석(?)과 함께, 이제 우리사회는 시작인지도 모르겠
다는 체념섞인 이야기로 마무리를 합니다.

아무래도 그 전망이 옳아 보입니다. 상처받은 짐승들의 사회.

그안에서 자유롭고 안전하기를 기대
하기는 어렵겠지요?
내안에 사는 '짐승'을 순하게 길들이는
일과 함께, 이웃의 '짐승'이 앓고있을
아픔에도 관심을 기울이는 게 필요
하지 않습니까. 혼자서 너무 고통스러우면
어떤 '짐승'이라도 날뛰게 되는 법이지요?

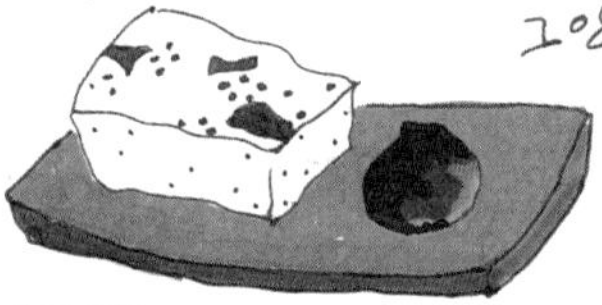

'짐승'

상처 받은 짐승들의 사회.

그 안에서 자유롭고 안전하기를 기대하기는 어렵겠지요?

내 안에 사는 '짐승'을 순하게 길들이는 일과 함께.

이웃의 '짐승'이 앓고 있을 아픔에도 관심을 기울이는 게 필요하지 싶습니다.

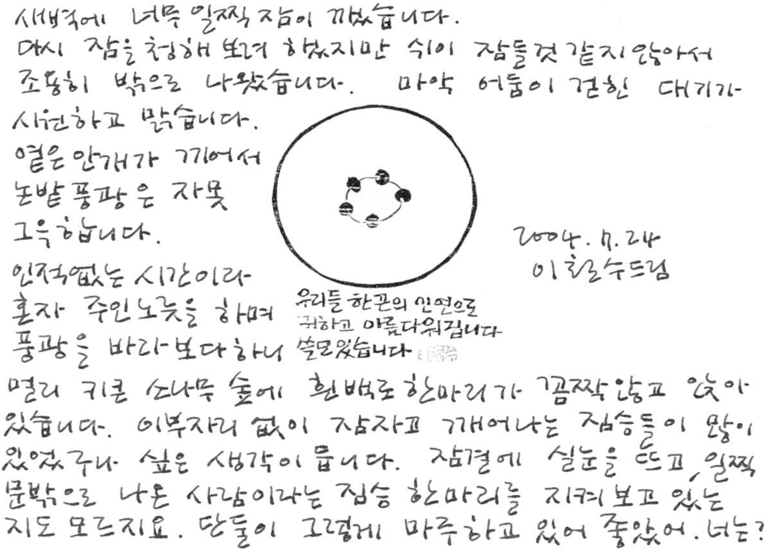

새벽에 너무 일찍 잠이 깼습니다.
다시 잠을 청해 보려 하였지만 쉬이 잠들것 같지 않아서
조용히 밖으로 나왔습니다. 마악 어둠이 걷힌 대기가
시원하고 맑습니다.
엷은 안개가 끼어서
논밭 풍광은 자못
그윽합니다.

인적없는 시간이라
혼자 주인 노릇을 하며
풍광을 바라보다 하니

2004. 7. 24
이호준드림

유리들 한권의 인연으로
귀하고 아름다워집니다
쓸모있습니다

멀리 키큰 소나무 숲에 흰백로 한마리가 꼼짝 않고 앉아
있습니다. 이부자리 없이 잠자고 깨어나는 짐승들이 많이
있었구나 싶은 생각이 듭니다. 잠결에 실눈을 뜨고 일찍
문밖으로 나온 사람이라는 짐승 한마리를 지켜보고 있는
지도 모르지요. 단둘이 그렇게 마주하고 있어 좋았어. 너는?

백로 한 마리

인적 없는 시간이라 혼자 주인 노릇을 하며 풍광을 바라보다 하니
멀리 키 큰 소나무 숲에 흰 백로 한 마리가 꼼짝 않고 앉아 있습니다.
단둘이 그렇게 마주하고 있어 좋았어. 너는?

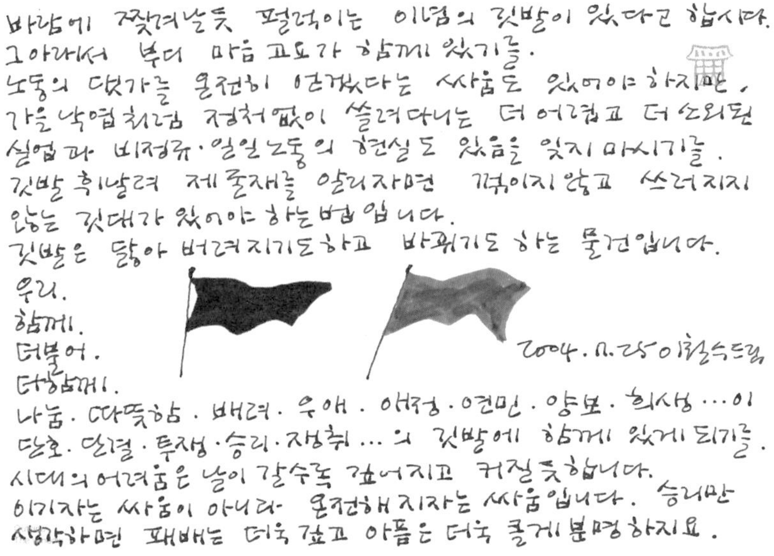

바람이 젖겨나는 듯 펄럭이는 이념의 깃발이 있다고 합시다.
그야말로 부디 마음 고요가 함께 있기를.
노동의 댓가를 온전히 얻겠다는 싸움도 있어야 하지만,
가을 낙엽처럼 정처없이 쓸려다니는 더 어렵고 더 소외된
실업과 비정규·일일노동의 현실도 있음을 잊지 마시기를.
깃발 휘날려 제 존재를 알리자면 꺾이지 않고 쓰러지지
않는 것대가 있어야 하는 법입니다.
깃발은 닳아 버려지기도하고 바뀌기도 하는 물건입니다.
우리.
함께.
더불어.
더함께.
2004.11.25 이철수드림
나눔·따뜻함·배려·우애·애정·연민·양보·희생…이
단호·단결·투쟁·승리·쟁취… 의 깃발에 함께 있게 되기를.
시대의 어려움은 날이 갈수록 깊어지고 커질듯합니다.
이기자는 싸움이 아니라 온전해지자는 싸움입니다. 승리만
생각하면 패배는 더욱 깊고 아픔은 더욱 클게 분명하지요.

온전해지자는 싸움

우리. 함께. 더불어. 다 함께.
나눔·따뜻함·배려·우애·애정·연민·양보·희생……이,
단호·단결·투쟁·승리·쟁취……의 깃발에 함께 있게 되기를.

나뭇가지 하나 들고,
오랫동안 해본
생각입니다.

초록의
여린 잎하나.
우리시대의
새로운 깃발이 되어도
좋지않은가?
숲속에 그많은
작은 잎들
2004. 7. 20 이철수드림

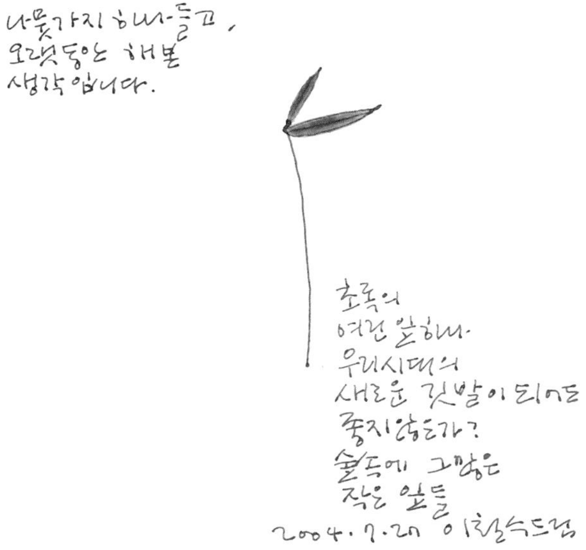

오랫동안 해본 생각

초록의 여린 잎 하나
우리 시대의 새로운 깃발이 되어도 좋지 않은가?
숲 속에 그 많은 작은 잎들.

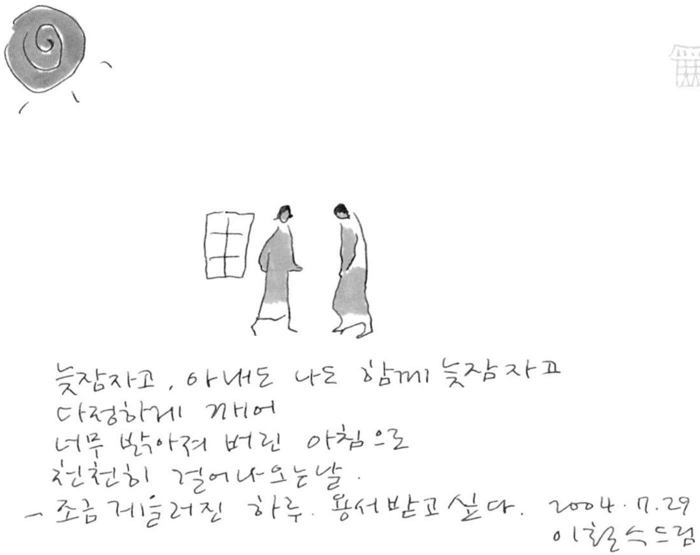

늦잠자고, 아내도 나도 함께 늦잠자고
다정하게 깨어
너무 밝아져 버린 아침으로
천천히 걸어나오는날.
─ 조금 게을러진 하루. 용서받고 싶다. 2004. 7. 29
이철수드림

게을러진 하루

늦잠 자고, 아내도 나도 함께 늦잠 자고
다정하게 깨어
너무 밝아져버린 아침으로
천천히 걸어 나오는 날.

-조금 게을러진 하루. 용서받고 싶다.

독짓는 중년남자가 그랬다.
물이 새듯 말듯한 독이 좋은 독이라고.
옹기는 그렇게 숨쉬는 그릇이라고.
옹기는 거기 담는 술·간장·된장·고추장이며
김치·짱아지·초 같은 것 과 바깥 대기를
적절히 구분해 주는 경계의 역할을 하는 것 뿐이라고.
옹기가 대단한 역할을 해서
영험 있는 줄재가 된다면, 그 안에 담기는
먹을 것들의 자연스러운 맛은 어떻게 되겠느냐고 …
어디서나 자신이 하는 일이나 역할을 겸손하게
이야기하는 이들을 만날 수 있으니 고맙고 행복한
일입니다. 그릇은 담아내는 일을 할 뿐이라는 이야기가
오래 잊히지 않을 듯 합니다.
그이가 만드는 옹기가 온전한 옹기일 거라는 믿음 속에는
그 옹기쟁이가 온전한 사람이어서 라는 뿌리가 있지요.
새듯 말듯한 사람이어이 온전한 줄재. 좋은 사람이 되는 것
아닌가 싶기도 했는데 … 어떻게 생각하시는지요?

2004. 9. 31
이철수드림.

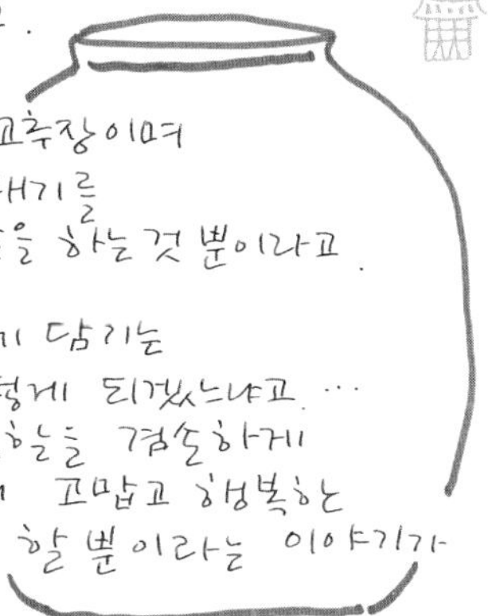

옹기

독 짓는 중년 남자가 그랬다.
옹기가 대단한 역할을 해서 영험 있는 존재가 된다면,
그 안에 담기는 먹을 것들의 자연스러운 맛은 어떻게 되겠느냐고……

숲에 갔더니
감미롭게,
떨리는 듯
빛나는 잎들.

숲속 에서
작은 입술 처럼 …
뭐라고
이야기를 건네고 있는
작은
입.
작은 잎.

2004. 8.2 이철수 드림

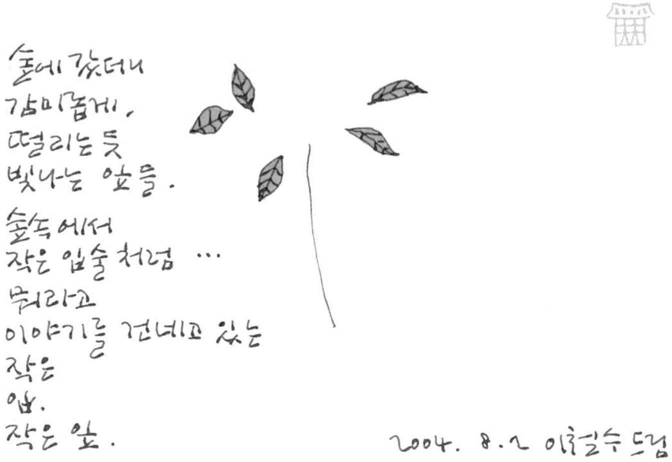

작은 입

숲에 갔더니 감미롭게, 떨리는 듯 빛나는 잎들.
숲 속에서 작은 입술처럼…… 뭐라고 이야기를 건네고 있는
작은 입.
작은 잎.

때로,
통장잔고도 잊고
승진 승급도 잊고
내일 약속도 잊고
조용히
눈앞에 있는
풍광에
마음주어보시지요.
집둘사니
가재도구나
부엌살림이나.
어지러고 빨랫감이나.
아니면,
서쪽데미나.
모니터 화면이나.
분명히 움직이는
사람들이 있지요?

내가 카메라 렌즈나
거울이 되었다고
생각하고
가만히
저거 보면
좋습니다.
감정이입없이
그저 조용히
일상사도
살피고
내 마음도
살피면
만나게 되는
또다른 삶의
모습이
있을거예요.
천천히
그걸 즐기시기를
....

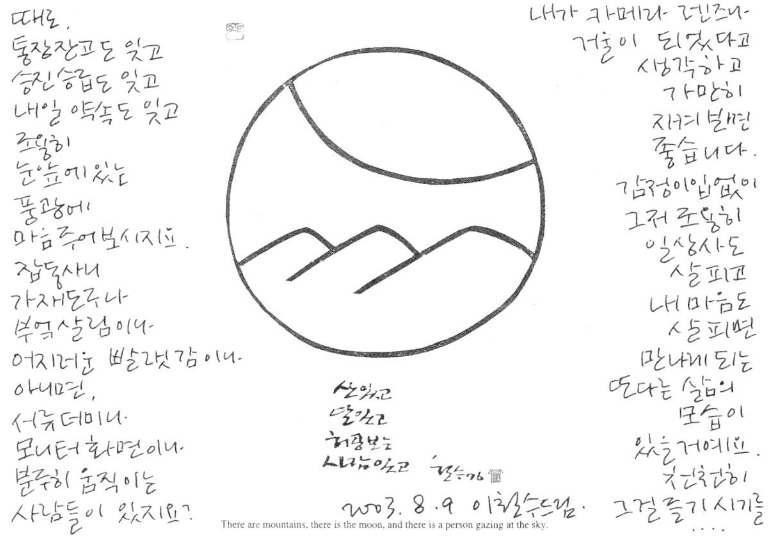

산있고
달있고
허공보는
사람있고

2003. 8.9 이철수드림.

There are mountains, there is the moon, and there is a person gazing at the sky.

즐기시기를......

때로, 통장 잔고도 잊고 승진 승급도 잊고 내일 약속도 잊고
조용히 눈앞에 있는 풍광에 마음 주어보시지요.
내가 카메라 렌즈나 거울이 되겠다고 생각하고 가만히 지켜보면 좋습니다.
천천히 그걸 즐기시기를……

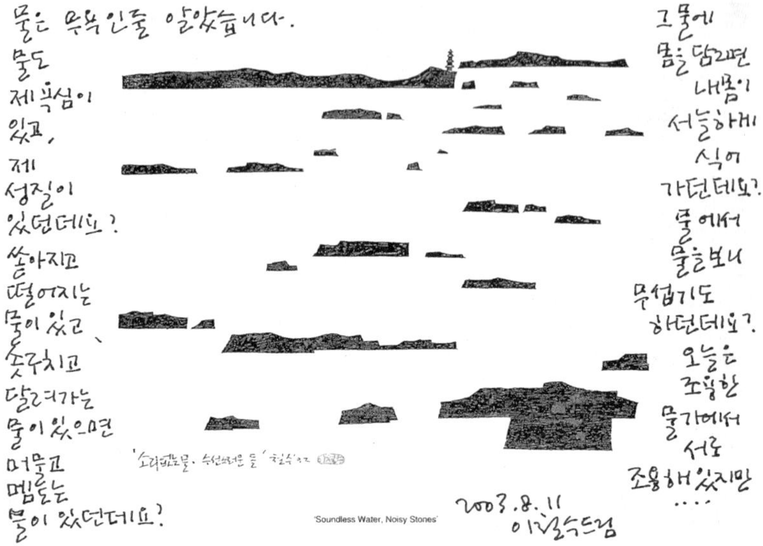

물은 무욕인 줄 알았습니다.
물도
제 욕심이
있고,
제
성질이
있던데요?
쏟아지고
떨어지는
물이 있고,
솟구치고,
달려가는
물이 있으면
머물고
맴도는
물이 있던데요?

그 물에
몸을 담그면
내 몸이
서늘하게
식어
가던데요.
물에서
물을 보니
무섭기도
하던데요.
오늘은
조용한
물가에서
저도
조용해 있지만
……

'소리없는 물, 수선떠는 돌' 권옥자

'Soundless Water, Noisy Stones'

2003.8.11
이철수드림

물

물은 무욕인 줄 알았습니다.
물도 제 욕심이 있고, 제 성질이 있던데요?
쏟아지고 떨어지는 물이 있고 솟구치고 달려가는 물이 있으면
머물고 맴도는 물이 있던데요?

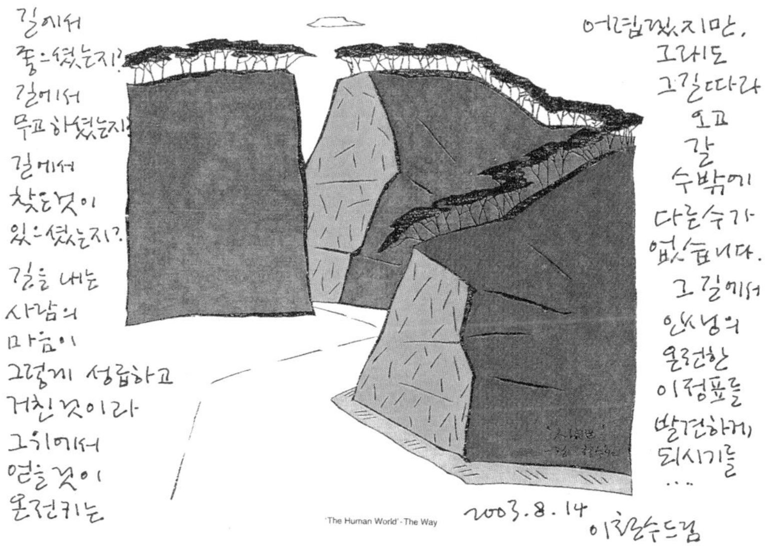

길

길에서 좋으셨는지?

길에서 무고하셨는지?

길에서 찾을 것이 있으셨는지?

돌아가신이의 옷가지를 태우고
살갛 닿았던 가재도구들을 태워서
망자의 자취를 지우는 일이
장례절차의 마무리입니다.
누더기는 아니지만
때묻고 더러워진
망자의 옷을 태우면서
무슨 생각하게 될까?
오늘은 그이 눈감은 얼굴을
보고 왔습니다.
바람따는 이길 때라
당신도 가시겠지요?
당신도 그렇게 아무것 없는
그자리로 다시 가시고,
오셨던 거기로 가시고.
아직 살아있는 나는 당신 가시는
그자리에서 제발 새로워지기를
스스로 빌었습니다.

늘더기로,
빛나는 생애
거기 스민
사랑의 향기.

터무니 없는 욕망도
버리고,
그리움 애틋함
품지말고,
조용히
고요하네,
마음끼
쓸데없이
남겨봐도
그림자도
없이
바람따는
그길 위에서
바람처럼
자취없이
살다
떠나게
되기를…
2003.8.14
이청수드림

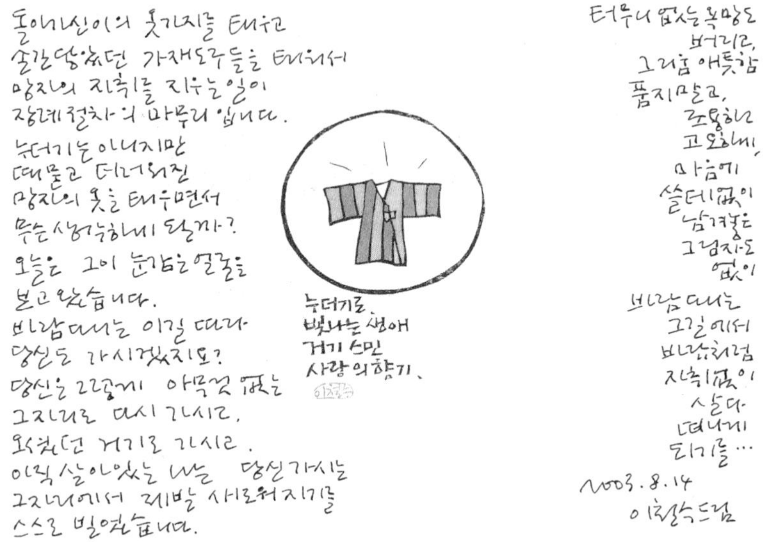

돌아가신 이

오늘은 그이 눈감은 얼굴을 보고 왔습니다.
당신은 그렇게 아무것 없는 그 자리로 다시 가시고,
오셨던 거기로 가시고.
아직 살아 있는 나는 당신 가시는 그 자리에서
제발 새로워지기를 스스로 빌었습니다.

아빠가 이부자리 빨아서 뜰에 내다 널었습니다.
모처럼 쾌청한 여름날이 이어지는지라 오늘저녁에는 보송보송한
새 이부자리에 어서 잠들기 되었습니다.
이런 평범한 일의
반복도 인생이니
빠뜨릴수 없는
중대사라고
해야합니다.
세끼 밥을
챙기고
빨래하고
치우는 일이
흔하고
귀찮다고해서

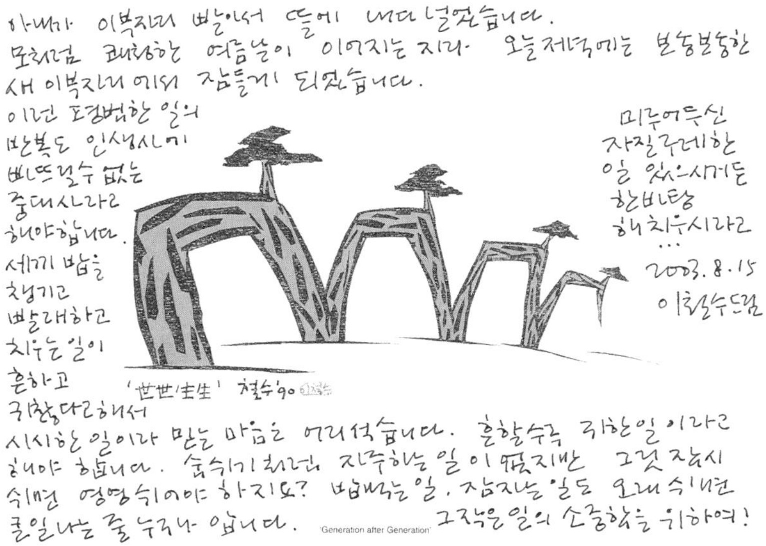

'世世圭生' 천수90

미루어두신
자질구레한
일 있으시거든
한번땅
해치우시라
...
2003. 8. 15
이형수드림

시시한 일이라 믿는 마음은 어리석습니다. 흔할수록 귀한일 이라고
해야 합요다. 숨쉬기처럼 지루하는 일이 없지만 그것 자돘시
쉬면 영영쉬어야 하지요? 밥먹는 일, 잠자는 일도 오래 쉬면
큰일나는 줄 누구나 압니다.   그것은 일의 소중함을 위하여!

'Generation after Generation'

작은 일

세끼 밥을 챙기고 빨래하고 치우는 일이 흔하고 귀찮다고 해서
시시한 일이라 믿는 마음은 어리석습니다.
흔할수록 귀한 일이라고 해야 합니다.
숨 쉬기처럼 지루한 일이 없지만 그것 잠시 쉬면 영영 쉬어야 하지요?

지혜로운 사람은 가난하다.
가난한 사람이 다 지혜로운것은 아니지만.
지혜로운 사람은 가난한 삶을 선택하고 그 가난에 휘둘리지 않는다.
아무래도 그러시는 듯하다.
자신을 위해서 바깥 재물을 많이 쓰는 사람은 스스로를 미워하는 셈이다.
못난놈. 미운놈에게 주어야할 떡을 스스로 차지하는 꼴 아닌가?
스스로 가난해버려서 가난과 넉넉함을 두루 거느리는

사람들 걸치게 낡아다가 행복해질수 있었으면...
그 지혜로움을 다 받아들이는 제자의 삶을 살게 되었으면 ....

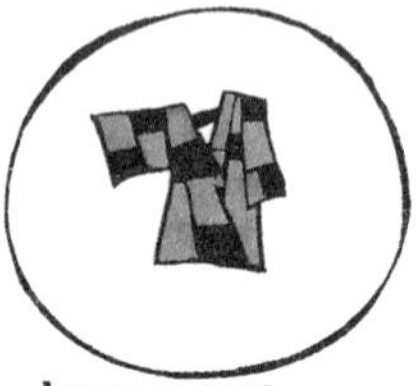

누더기 옷한벌 —
평생 걸치고 나서 —
두고 떠날수있는 그것
이철수

2003.8.19 이철수드림

지혜로운 사람

지혜로운 사람은 가난한 삶을 선택하고 그 가난에 휘둘리지 않는다.
아무래도 그러시는 듯하다.
자신을 위해서 바깥 재물을 많이 쓰는 사람은 스스로를 미워하는 셈이다.
못난 놈, 미운 놈에게 주어야 할 떡을 스스로 차지한 꼴 아닌가?

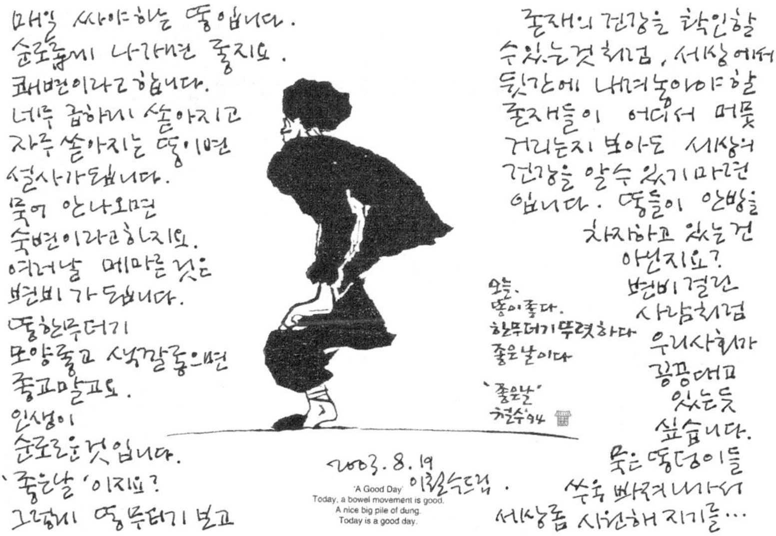

매일 싸야하는 똥입니다.
순조롭게 나가면 좋지요.
쾌변이라고 합니다.
너무 급하게 쏟아지고
자주 쏟아지는 똥이면
설사가됩니다.
묵어 안나오면
숙변이라고하지요.
여러날 메마른 것는
변비가됩니다.
똥한무더기
모양좋고 색깔좋으면
좋고말고요.
인생이
순조로운것입니다.
'좋은날'이지요?
그렇게 똥무더기 보고

존재의 건강을 확인할
수있는것처럼, 세상에서
뒷간에 내려놓아야할
존재들이 어디서 머뭇
거리는지 보아도 세상의
건강을 알수 있기마련
입니다. 똥들이 안방을
차지하고 있는건
아닌지요.
변비걸린
사람처럼
우리사회가
끙끙대고
있는듯
싶습니다.
묵은 똥덩이들
쑥쑥 빠져나가서
세상이 시원해 지기를…

오늘.
똥이좋다.
한무더기뚜렷하다
좋은날이다

'좋은날'
이철수94

2003.8.19 이철수드림.
'A Good Day'
Today, a bowel movement is good.
A nice big pile of dung.
Today is a good day.

똥

매일 싸야 하는 똥입니다. 순조롭게 나가면 좋지요. 쾌변이라고 합니다.
자주 쏟아지는 똥이면 설사가 됩니다.
묵어 안 나오면 숙변이라고 하지요.
여러 날 메마른 것은 변비가 됩니다.

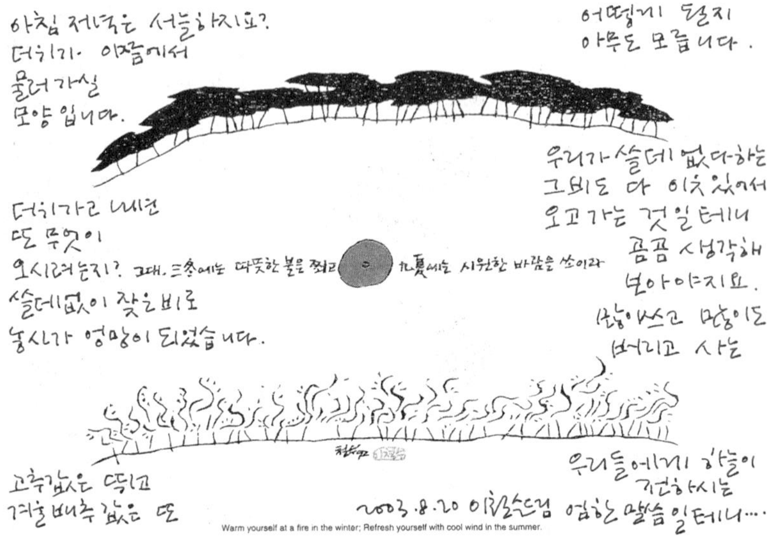

Warm yourself at a fire in the winter; Refresh yourself with cool wind in the summer.

하늘이 전하는 말씀

더위 가고 나면 또 무엇이 오시려는지?
쓸데없이 잦은 비로 농사가 엉망이 되었습니다.
우리가 쓸데없다 하는 그 비도 다 이유 있어서 오고 가는 것일 테니
곰곰 생각해보아야지요.

제 살아가는 모습을 가만히 들여다 보았습니다.
멀리서 보시는 이들은 제 삶이 조용하고 그윽한가보다 하실텐데
제가 느끼는 삶은 더할수 없이 바쁘고 피곤합니다.
하루도 조용한 날이 없어
그 분류 안에서 자신을
온전히 지켜내기
쉽지않습니다.
제가, 살아가는 하루하루를
잘게 쪼개고
그 작은 일상의 조각들로
그림의 소재로 삼는 것도
저를 지키기 위한 방편일
지도 모르겠습니다.

이 가을 들면 강물바퀴
돌듯하는 바쁜 나날에서
도망칠 방법을 찾아보겠다
고 작정하였습니다. 더망이
버리고, 돌아야겠지요?
그럴수 있어야 할텐데…
2003.8.30
이철수드림

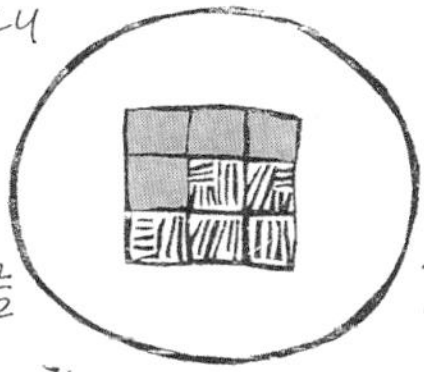

한장씩 넘기는 그걸음으로
삶을
채워가는 책꽃이
이철수

거칠게 흐르는 바쁘고 바쁜 세월 속에서 삶의 깊은 의미를 확인하는
일은, 거칠게 흐르는 물에 낚시를 드리워 고기를 낚는 일 처럼 어렵
습니다. 바쁜 일상을 피해 살아야 하는데 그게 쉽지 않습니다.
욕심이 많아 그런가? 깊이 생각하고 있습니다.

살아가는 모습

거칠게 흐르는 바쁘고 바쁜 세월 속에서 삶의 깊은 의미를 확인하는 일은,

거칠게 흐르는 물에 낚시를 드리워 고기를 낚는 일처럼 어렵습니다.

바쁜 일상을 피해 살아야 하는데 그게 쉽지 않습니다.

욕심이 많아 그런가? 깊이 생각하고 있습니다.

가도

가을편지.

뜰에도, 문밖에도, 비개인 오늘까지 살아남는 초록의생명이
안도하는 기색으로 찬란합니다.
그러니 오늘은, 어제 일들 다 잊고 살아야지도. 찬란하게!
묵은잡념다 잊어 버리고 온전하게 오늘을 살아나가합니다.
모처럼 하루 온종일 있다가시는 가을햇살아래서빗발 틀드늘
들이 그러라·고 그러라고 일너주는듯 하였습니다.
이 아름다운 여름과 가을경계를 너눅의 드리려 싫었습니다.
그속에서, 당신이 뿜어내는 아름다움도 통령히겸 벗니기를…

가을바람이,
금빛벼이삭을 쓸고간다.
다 드러났다.

2003. 9. 24
이향수드님

休露金風 向수94

Complete Revelation by the Golden Autumn Wind
The autumn wind is sweeping over the golden ears of rice. All remain bare.

가을 편지

뜰에도, 문밖에도, 비 개인 오늘까지 살아남은 초록의 생명이
안도하는 기색으로 찬란합니다.
그러니 오늘은, 어제 일을 다 잊고 살아야지요.
찬란하게! 묵은 잡념 다 잊어버리고 온전하게 오늘을 살아가야 합니다.

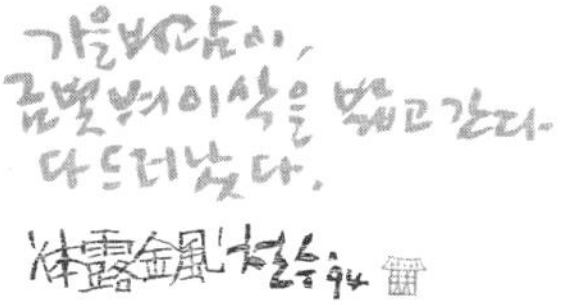

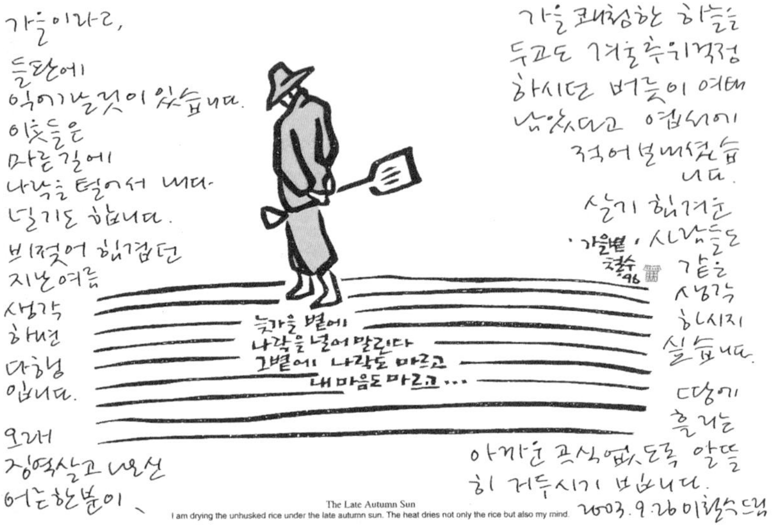

같은 생각

오래 징역 살고 나오신 어른 한 분이
가을 쾌청한 하늘을 두고도 겨울 추위 걱정하시던 버릇이 여태 남았다고
엽서에 적어 보내셨습니다.
살기 힘겨운 사람들도 같은 생각하시지 싶습니다.

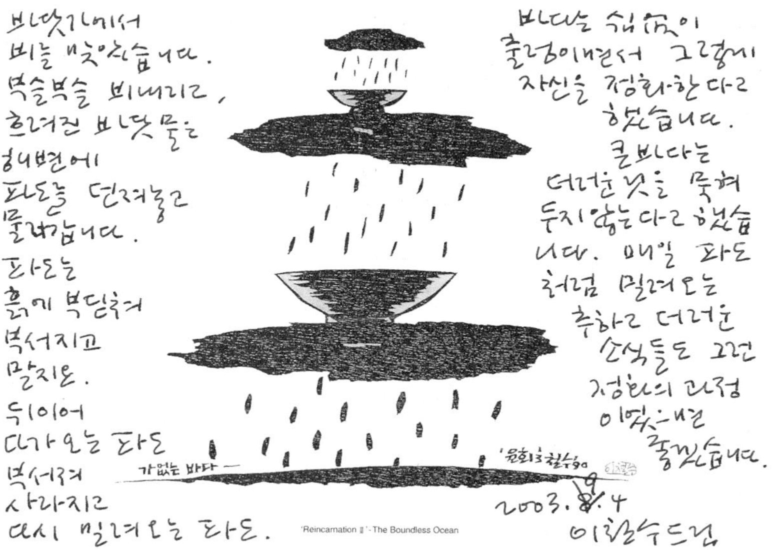

바닷가에서
비를 맞았습니다.
복슬복슬 뿌려지고,
흐려진 바닷물을
한번에
파도를 던져놓고
물러갑니다.
파도를
흙에 묵당하여
부서지고
맑지요.
뒤이어
다가오는 파도
부서져
사라지고
다시 밀려오는 파도.

가없는 바다 —

바다는 쉼없이
출렁이면서 그렇게
자신을 정화한다고
하였습니다.
큰바다는
더러운 것을 묵혀
두지 않는다고 하였습
니다. 매일 파도
처럼 밀려오는
추하고 더러운
소식들도 그런
정화의 과정
이었으면
좋겠습니다.

'윤회2 칠순90'
2003. 8. 4
이철수드림

'Reincarnation Ⅱ'-The Boundless Ocean

바닷가에서

큰바다는 더러운 것을 묵혀두지 않는다고 했습니다.
매일 파도처럼 밀려오는 추하고 더러운 소식들도
그런 정화의 과정이었으면 좋겠습니다.

국이년만의 동창모임을 마치고 선생님들 생각을 잠시하였습니다.
한마디 말씀으로 어린학생들의 인생에 큰 계기를 만들기도 하는
선생님들의 존재를 이야기해 보려구요.
30년만에 뵙게되던 두분 이야기
입니다.
고등학교 무렵 입니다.
국어 시간에 만화책을
무릎위에 얹어놓고
읽었던가 봅니다.
수업 시간에 딴짓을
하고 있었던 거지요.
이용남 선생님께서
제 뒤통수를 때리셨습니다.
큰 야단을 맞을줄 알고
처분을 기다리는 심정으로

다섯, 숲이되고 나면
처음의 다섯은
아무도 기억하지
못합니다.
— 다시 시작입니다

분이셨습니다.
책읽기 좋아하는 녀석
이라. 그런가 하봤더니
좀 수준없는 책 읽기
아닌가? 하는 가벼운
힐문이었던 셈입니다.
이후로 수준있는(?) 책에
관심을 가지게 되었던 듯
합니다. 고마우신 한말씀.
기억하고 있습니다. 2003.8.1
이철수드림

있는데 뜻밖에도 조용한 한마디 남기고 지나가셨습니다.
"이철수도 만화 보나?" 가끔 소설 나부랭이를 읽거나 하고 있을 때는
무슨책 읽는지 확인해 보시고 " 많이 읽어! 책좋지! "하시던

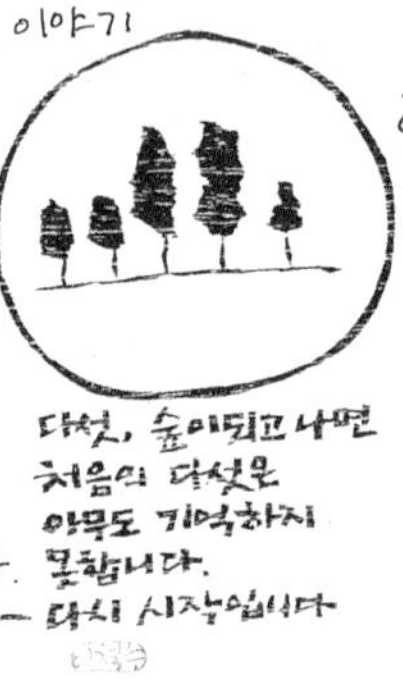

고마우신 한 말씀

"이철수도 만화 보나?"
가끔 소설 나부랭이를 읽거나 하고 있을 때는
무슨 책 읽는지 확인해보시고 "많이 읽어! 책 좋지!" 하시던 분이셨습니다.
이후로 수준 있는(?) 책에 관심을 가지게 되었던 듯합니다.

전 수학이 참 어려웠습니다. 언젠가 제 딸애가, 더하기는 되는데 뺄셈이 안된다고해서 `나를 닮았구나!` 싶었습니다.
수학시험 시간이면
난수표를 해독하는 기분으로
시험지를 마주하고 앉아
허튼짓을 많이 했지요.
한번은 망연(?)한
표정으로 앉아 있는 제게
수학과목 가르치신
박원상 선생님께서
다른친구의 답안지를
들고 오셨습니다.

섯. 다정합니다
작은 하나가 공동의 자리
다 차지하여도
― 다툼 없습니다

잊고 있지 않았지만
갚아드리지 못한 채로
30년이 지났습니다.
시험 부정행위를 장려(?)
하신건 범죄행위지만
이제 시효가 지났겠지요?
죄송했습니다.
그런 사랑 덕분에
여기까지 왔습니다. 2003.9.1
이형숙 드림

"베껴써!" 하시더라구요.
두말 않고 답안지 작성에 들어갔지요. 한참 정답을 옮겨 적었는데
다시 친구답안지를 채가시는 것이었습니다. "조금만 더 쓰게
하주시지…" 했더니 "그만큼 하면 과락은 면하니까 됐어.
나가!" 하시더라구요. 얼렁넣고 나왔습니다. 그 과분한 사랑을

그런 사랑 덕분에

한번은 망연(?)한 표정으로 앉아 있는 제게
수학과목 가르치신 박원상 선생님께서 다른 친구의 답안지를 들고 오셨습니다.
"베껴 써!" 하시더라구요.
그 과분한 사랑을 잊고 싶지 않았지만 갚아드리지 못한 채로
30년이 지났습니다.

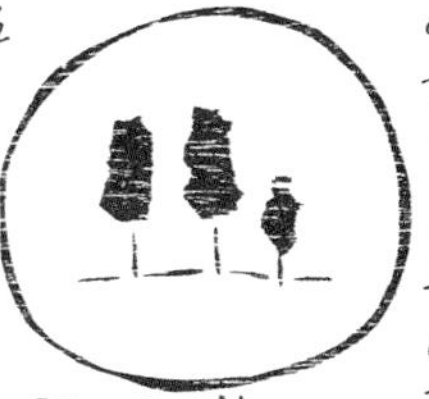

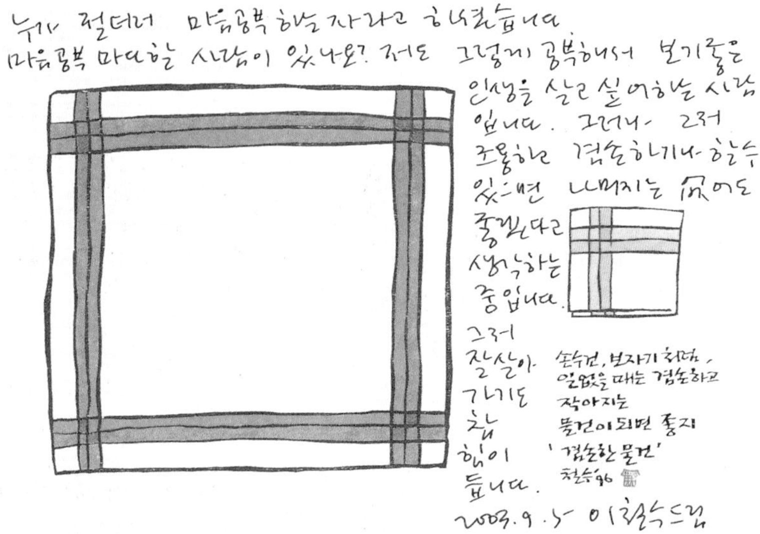

누가 철들려 마음공부 하늘 자라고 하셨습니다.
마음공부 마다할 사람이 있나요? 저도 그렇게 공부해서 보기좋은
인생을 살고 싶어하는 사람
입니다. 그러나 그저
조용하고 겸손하기나 하슬
있으면 나머지는 없어도
좋겠다고
생각하는
중입니다.
그저
잘살아.   손수건, 보자기 처럼,
기나도   일없을 때는 겸손하고
참   작아지는
함이   물건이되면 좋지
됩니다.   '겸손한물건'
          이형수96 🏮
2003. 9. 5 이형수드림

그저 잘 살아가기도

마음공부 마다할 사람이 있나요?
저도 그렇게 공부해서 보기 좋은 인생을 살고 싶어 하는 사람입니다.
그러나 그저 조용하고 겸손하기나 할 수 있으면
나머지는 없어도 좋겠다고 생각하는 중입니다.

비구름이
앞산 이마를
거리더니
어둡도록
비가
내립니다.

자잔한
걱정
다 내려놓고,

이 길은
어둠속에
앉아있습니다.

비는
오시라하고
나는
조용히 앉아서
마음을 따라.

그밤다.
조용하여
좋은
밤입니다.

쓸데없는
생각
다 내려놓고
보니
여전히
비는
내리고,
아무것도
없는
조용한
밤이죠
이렇게
흐르는것. 인생
입니다.

除

體

心

좋은비 오시는날, 마음에 내리는 빗소리 ~ 마음 남겨두지 말라 '철수95

No Mind 2003.9.5 이철수 드림

On a very rainy day. The sound of the rain that falls in my mind

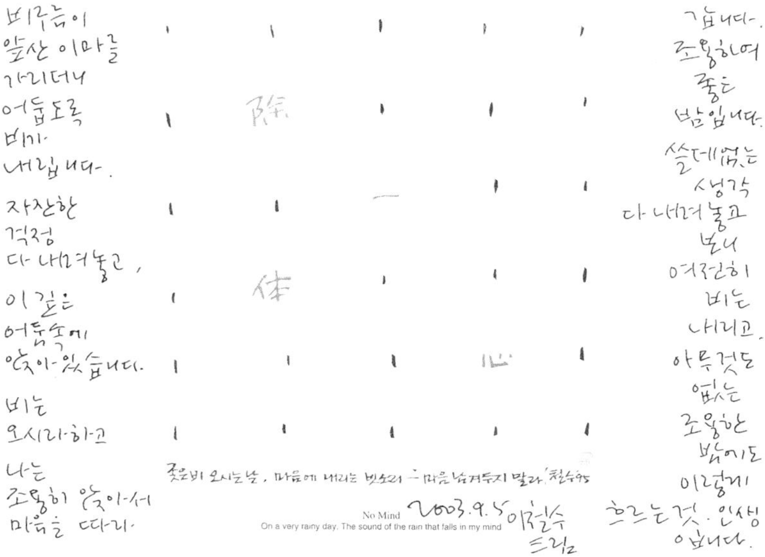

조용하여 좋은 밤

쓸데없는 생각 다 내려놓고 보니 여전히 비는 내리고,

아무것도 없는 조용한 밤에도 이렇게 흐르는 것.

인생입니다.

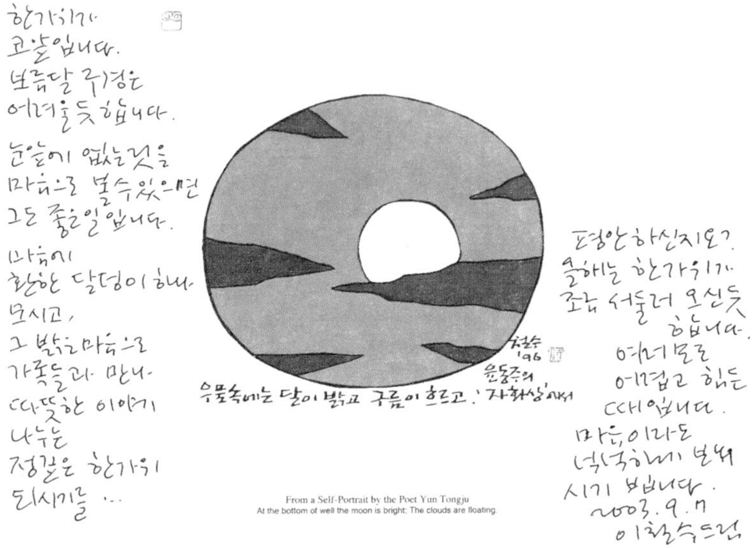

한가위가
고방입니다.
보름달 귀경은
어려울듯 합니다.

눈으로 없는것을
마음으로 볼수있으면
그도 좋을일입니다.

마음에
환한 달덩이하나
모시고,
그 밝은마음으로
가족들과 만나
따뜻한 이야기
나누는
정깊은 한가위
되시기를…

음물속에는 달이 밝고 구름이 흐르고.' 자화상'에서

From a Self-Portrait by the Poet Yun Tongju
At the bottom of well the moon is bright: The clouds are floating.

평안하신지오.
올해는 한가위가
조금 서둘러 오신듯
합니다.
여러모로
어렵고 힘든
때입니다.
마음이라도
넉넉하게 보내
시기 바랍니다.
2003.9.7
이철수드림

넉넉하게

마음에 환한 달덩이 하나 모시고,
그 밝은 마음으로 가족들과 만나 따뜻한 이야기 나누는
정 깊은 한가위 되시기를…….

목소리에 연륜이 느껴지고 그만큼
달관한 말투가 되어 있어서
긴 통화중 내내 선배
형님과 이야기하는
기분 이었습니다.
그래도 참
좋았습니다.

• 30이런 날도록 연락없던
어린 시절 친구가
전화를 해 왔습니다.

함께 그림공부 하던 친구를 전
까맣게 잊고 있었는데
홍기 찾아서 연락을 했습니다.

술을 많이 마시고 살았다고 하봤습니다.
노이세로가 괴사한 복병이 많다는 진단도
받았다고 하봤습니다. 뇌졸증도 겪었다고
하봤습니다. 결혼도 안했다고 하봤습니다.

• 항전이 어려워 보이건 않았지만
살면서 겪은 것이 많았던가 봅니다.

• 이야기
끝에 조만간 한번 만나자고
이야기 하고 났는데,
긴 전화가 뚝 끊겨 버렸
습니다. 전 연락처도
받아놓지 못했는데…
다시 300년전전으로…
돌아가 버린 듯 허전
하더니, 기다려
도 다시 전화 오지
않았습니다. 2003.9.8
이청수드림

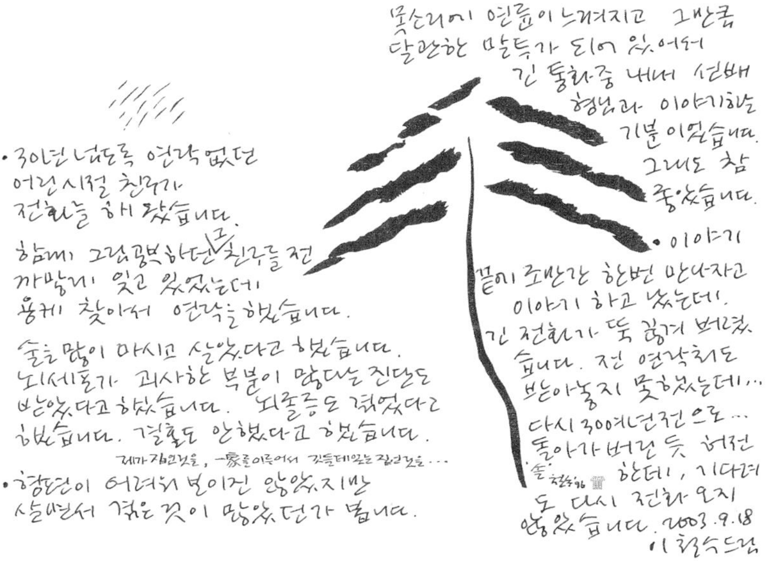

어린 시절 친구

목소리에 연륜이 느껴지고 그만큼 달관한 말투가 되어 있어서
긴 통화 내내 선배 형님과 이야기하는 기분이었습니다.
이야기 끝에 조만간 한번 만나자고 했는데, 긴 전화가 뚝 끊겨버렸습니다.
전 연락처도 받아놓지 못했는데……

가을비가 겨울로 가는 걸음을
재촉하는 듯합니다.
나뭇잎들
하루 이틀사이에 많이
쌓아 지쳤습니다.
그렇게, 가벼워지고
또 가벼워져서
겨울 추위를 지내려는
여러한 나무들의 지혜를
지켜 보면서
우리가 얻을 지혜를
생각합니다.
어려운 고비를 마다하고
언제나 순조롭기만한
인생을 꿈꾸는 사람들이
많아진듯 싶습니다.

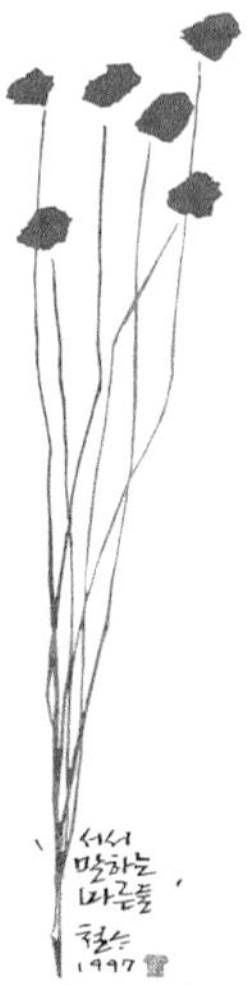

2003. 10. 14
이철수드림

그런 것 인생도 아니지요.
그렇게 될수도 없겠지만
그리 된다고해도 서서 좋
을 일 없지 싶습니다.
살아가면서, 주어진
생애동안, 다채로운 경험
을 통해서, 우리 마음에 대
한 이해가 깊어지고 넓어
지는 건 축복입니다.
오고 가는 모든 국면을
낯설어하지 않는다면
방법도 길도 찾아낼수
있지 싶습니다. 혹시?
어려운 일 겪고 계신가요?
난데 없다고 생각하지
마시구요. 이 일이 무슨 뜻
으로 내게 왔을까? 생각해
보셔도 좋겠습니다.

다채로운 경험

혹시? 어려운 일 겪고 계신가요?
난데없다고 생각하지 마시구요.
이 일이 무슨 뜻으로 내게 왔을까? 생각해보셔도 좋겠습니다.

가을편지 드립니다.

이외수 드림

2002. 10. 15

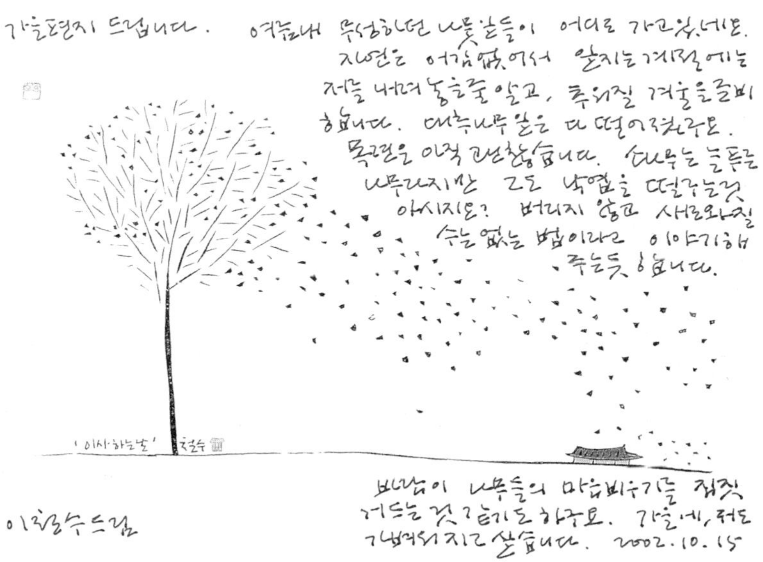

마음 비우기

자연은 어김없어서 잎 지는 계절에는 저를 내려놓을 줄 알고,
추워질 겨울을 준비합니다.

가을에, 저도 가벼워지고 싶습니다.

평안하신지요?
서러 내린 뒤란 어서
먹자줏빛으로 달통 들어가는
풀희를 보았습니다.
어디나 가을입니다.
깊은 가을입니다.
마음이 바빠서
명산의 가을경치를
보러 나설 겨를은 없지만

눈돌려 보면
어디고 가을 아닌 데가
없습니다.
그 가을 안에
저도 있고
당신도 있습니다.
길로 그득해서
이웃을 보기도 좋은

가을 사람이 되시기
빕니다. 문밖
큰독 기어 벼아싹
낱알로 떠니어내서
깨물어 봅니다.
아직 덜 여문
것들은 서름하는
맛이 단단하지
못합니다.
벼겨 별에가
아니라는
뜻입니다.

눈부신
가을꽃처럼
누나.
반짝이는
별빛이지
당신도
나도
누나라

겨울로 가는
가을걸음이 빠빠
아무래도 다 영글기
어려울 듯합니다.
어쩌겠어요?

`가을꽃`
청순

2003. 10. 19 이현주드림

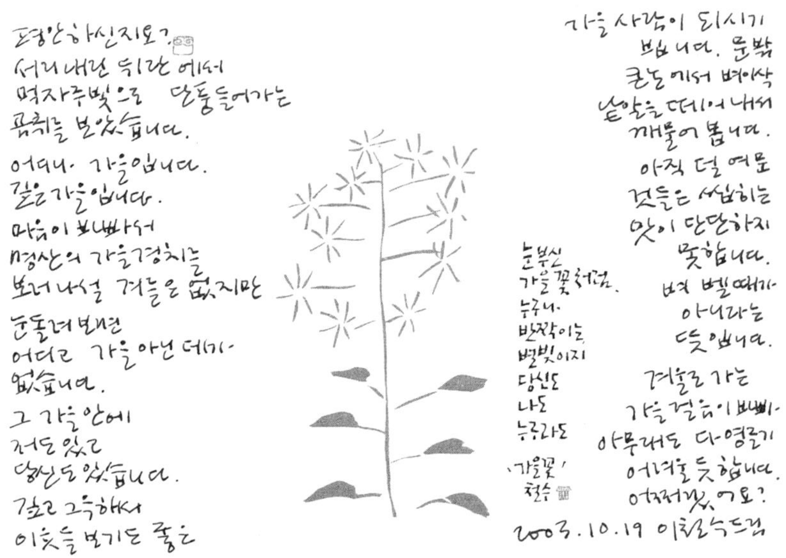

그 가을 안에

어디나 가을입니다. 깊은 가을입니다.
마음이 바빠서 명산의 가을 경치를 보러 나설 겨를은 없지만
눈 돌려 보면 어디고 가을 아닌 데가 없습니다.
그 가을 안에 저도 있고 당신도 있습니다.
가을 사람이 되시기 빕니다.

오늘은 잠시
바쁨을 쉴 수
있었습니다.
좋은 손님들과 풍광 좋은
절에 들렀습니다.
갔더니 차 한잔 주셨습니다.
좋은 스님과 잠시 나눈
차 한잔이 깊어가는 가을빛처럼
진하고 조금은 무거웠지만,
차가워지는 산의 냉기를
잊기에 좋았습니다.
가는 길에 단풍이 좋더니
내려오는 비탈길 단풍도
참 좋습니다.
가는 길이 다르고, 오는 길이 또
다른 듯하다고, 길을 얘기네.

그런더라고 일행 중의 한 사람이
말했습니다. 다들 동의했지요.
가는 길 다르고, 오는 길 다르지요.
인생은 가는 길뿐입니다. 오는 길
있으면 참 아름답게 살아갈 수
있을 텐데요.

마음으로라도
지나온 길
살아온 길
되새겨 보는 게
필요할 듯 싶습
니다.
혼자, 마음속으로
그런 생각 하며
내려왔습니다.
그 산에
어둠이 깃들고,
여린한 단풍길...

쌀독에서 죽이면 늘 쌀죽이지 뜻
빈데서 죽이면 늘 빈죽이지
- 마음에 손님이 보시겠는가?

·빈손· 청수 98
2003. 10. 2.
이철수 드림

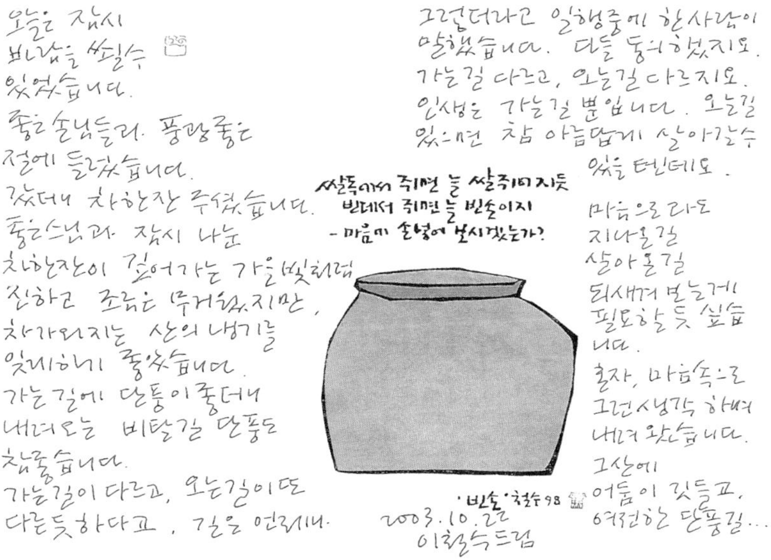

가는 길, 오는 길

가는 길 다르고, 오는 길 다르지요. 인생은 가는 길뿐입니다.
오는 길 있으면 참 아름답게 살아갈 수 있을 텐데요.
마음으로라도 지나온 길, 살아온 길 되새겨보는 게 필요할 듯싶습니다.

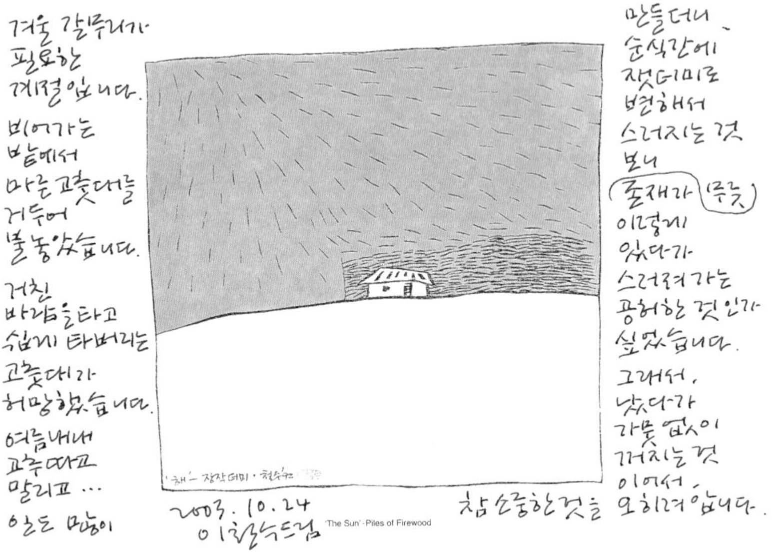

겨울 갈무리

겨울 갈무리가 필요한 계절입니다.
비어가는 밭에서 마른 고춧대를 거두어 불 놓았습니다.
거친 바람을 타고 쉽게 타버리는 고춧대가 허망했습니다.

감 몇알
비닐 봉투에 담겨 있던것이
물건에 가려져 있어 그만
물러져 버렸습니다.

보이는데 있었드면
알뜰히 먹었을 터인데...

그래도,
그 안에서 썩지 않고
남아 있는 작은 감씨에는
여전히 생명이
살아 있습니다.
나무 한그루, 단단한
껍질속에 숨어 있지요.

그렇게, 때로 완강히
제거야할 것들이
있습니다.
서석이 문드러져도
좋을것이 있지만
포기하니 안돨
소중한것도 있기
마련이지요.

다 그렇게 실행키
어렵지만, 그런것이
있습니다.
오늘은 겨울로 가는
길목에 바람이
거칠잡습니다.
가랑잎 굴러다니고...

감씨안에 어여쁜
나무한그루
'감씨'
천숙
2003.10.28
이효숙드림

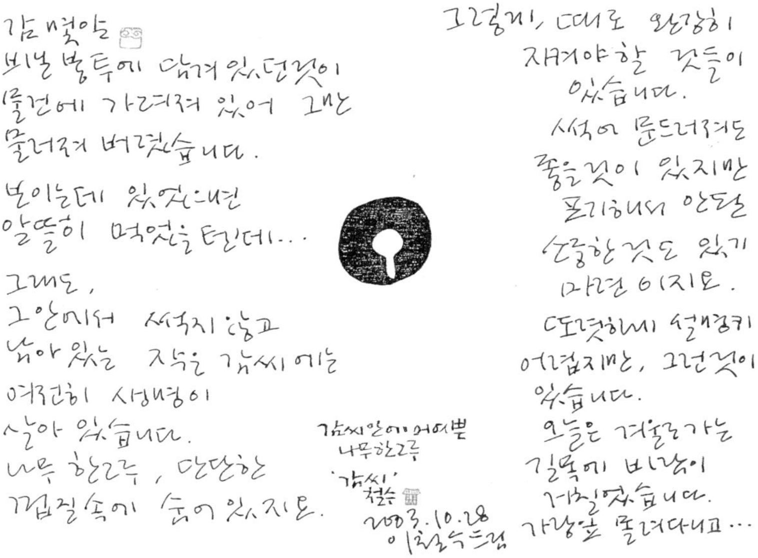

감 씨

감 몇 알 비닐봉투에 담겨 있던 것이 물건에 가려져 있어
그만 물러져버렸습니다.
그래도, 그 안에서 썩지 않고 남아 있는 작은 감 씨에는
여전히 생명이 살아 있습니다.

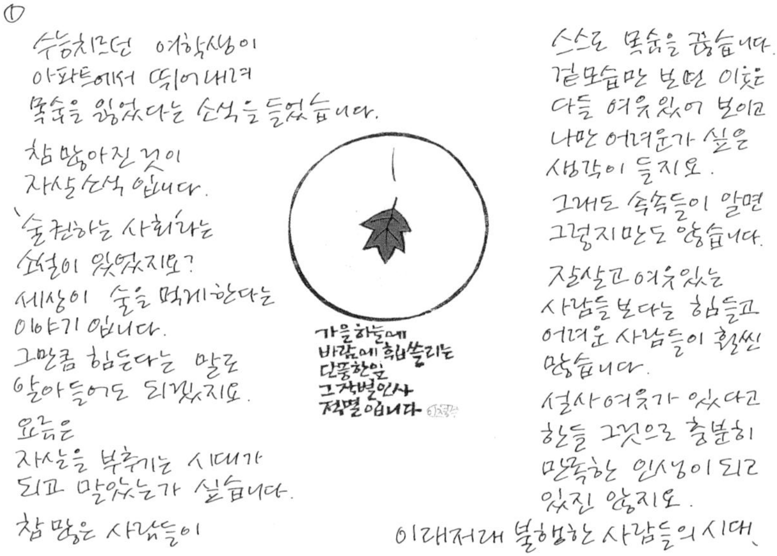

① 수능치르던 여학생이
아파트에서 뛰어내려
목숨을 잃었다는 소식을 들었습니다.

참 많아진 것이
자살소식 입니다.

'술 권하는 사회'라는
소설이 있었지요?
세상이 술을 먹게한다는
이야기 입니다.
그만큼 힘든다는 말로
알아들어도 되겠지요.
요즘은
자살을 부추기는 시대가
되고 말았는가 싶습니다.
참 많은 사람들이

스스로 목숨을 끊습니다.
겉모습만 보면 이들은
다들 여유있어 보이고
나만 어려운가 싶은
생각이 들지요.
그래도 속속들이 알면
그렇지만도 않습니다.

자살고 여유있는
사람들 보다는 힘들고
어려운 사람들이 훨씬
많습니다.
설사 여유가 있다고
한들 그것으로 충분히
만족한 인생이 되고
있진 않지요.

이래저래 불행한 사람들의 시대.

가을 하늘에
바람에 힘없이 흩날리는
단풍한잎
그것만인사
적멸입니다

불행한 사람들의 시대

「술 권하는 사회」라는 소설이 있지요?
세상이 술을 먹게 한다는 이야기입니다.
그만큼 힘들다는 말로 알아들어도 되겠지요.
요즘은 자살을 부추기는 시대가 되고 말았는가 싶습니다.
참 많은 사람들이 스스로 목숨을 끊습니다.

② 불안정한 마음들의 시대가
되었습니다.
알아서, 스스로를 다스리고
살아야합니다.
절망하고
좌절해서
자포자기하는 인생이
되지 않도록
스스로를 지켜야합니다.
세상이 가르치는
세속적인 성공과 야망의
신기루에 일찌감치
마음을 빼앗겨 버린
젊은이들 이나
어린이들 만나면
마음이 답답해집니다.

고독한곳.
안짝없는거기
당신자리

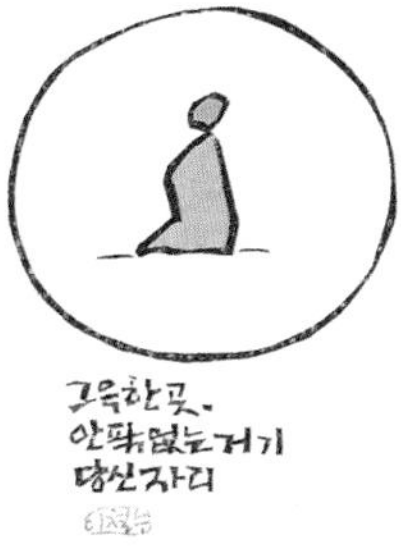

2003. 11. 5
이철수드림

부모는 직장의 고과점수
에 목을 매고, 자식은
학교성적에 목을 매는
가정에서 식구들이
만들수 있는 행복이
어떤 것 인지요?
- 아버지 승진했다.
- 어머니 웃음을 잃어.
- 저는 성적이 올랐어요.
그게 행복한 대화의
내용인가요?
- 아버지 퇴직했다.
- 엄마 임시직, 일해.
- 저는 등수 떨어졌는데…
그건 불행한 대화겠네요?
바깥 조건에 조금 덜 휘둘리는
더 온전한 행복을 생각해 보면
어떨까 싶습니다.

온전한 행복

부모는 직장의 고과점수에 목을 매고,
자식은 학교 성적에 목을 매는 가정에서
식구들이 만들 수 있는 행복이 어떤 것이지요?

바깥출입이
많지 않은 저에게는
대다수 사람들이
제 견문을 대신하는 경우가
많습니다.

딸아이가 서울 대려오면서
들려주는 서울 소식 중에
노숙자 이야기가 있었습니다.
제법 쌀쌀해진 초저녁
지하철 역에서
점잖게 노트북 꺼내들
남자가 잠자리를 편다고 하였습니다.
- 요즘은 노숙도 세련된 방식으로
한대요. 장기노숙으로
노숙에 다양한 경험과.

2003. 10. 27
이청숙드림

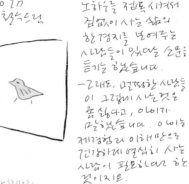

새처럼
우리 창 안에서
바깥을 찾지
못하는
너 같다

'우리창' 이청숙98

노하수를 전전
점없이 사는 삶의
환경지를 보여주는
사람들이 있다는 소문을
듣기는 하였습니다.
- 그래도, 멀쩡한 사람들
이 그렇게 사는 것을
좀 싫다고, 아이가
말하였습니다. 아이는
제 경험과 이해만으로
긴장하게 열심히 사는
사람이 편퉁이라고 하는
것이지요.
- 세상이 그렇게 뜻대로
되는게 아니다.
삶이 얼마나 불안정하고 뜻
같지 않은지 아는 제 대답
입니다. 이이도 배워가겠지요.

노숙자 이야기

-요즘은 노숙도 세련된 방식으로 한대요.
-그래도, 멀쩡한 사람들이 그렇게 사는 것은 좀 싫다고, 아이가 말했습니다.
-세상이 그렇게 뜻대로 되는 게 아니다.
삶이 얼마나 불안정하고 뜻 같지 않은지 아는 제 대답입니다.

늦가을비가 내립니다.
아주 조금만 느려면
서늘한 감촉을 만나게 되면
이럴까요?
미운 느낌은 없이
오히려 반갑고
고맙습니다.
꿈던 단풍도
그비를 맞아 떨어지듯고
이미 땅에 내려앉았는
낙엽에게는 다정한 속도가
닿지도 모르겠습니다.
이제 다 되었으니
그만 쉬세요.
흙으로 돌아갈 때가 되었나 봐요.
바람에 쓸려다니지 마시고
누운 자리에 마음 붙여 보세요.

그도 영원하지는 않으면서
우리들 에게는 아직 밝은
빛

2003. 11. 4
이희숙드림

그런 이야기처럼
가을비가 옵니다.
...

엽서 쓰는 동안에
햇살이 비칩니다.
벌써 걷힐 모양
입니다.

가볍게 내린 비에
따뜻한 가을햇살
괜찮을 궁합입니다.
이렇게, 가을이
가고 있습니다.

두루 평안하시기
빕니다.

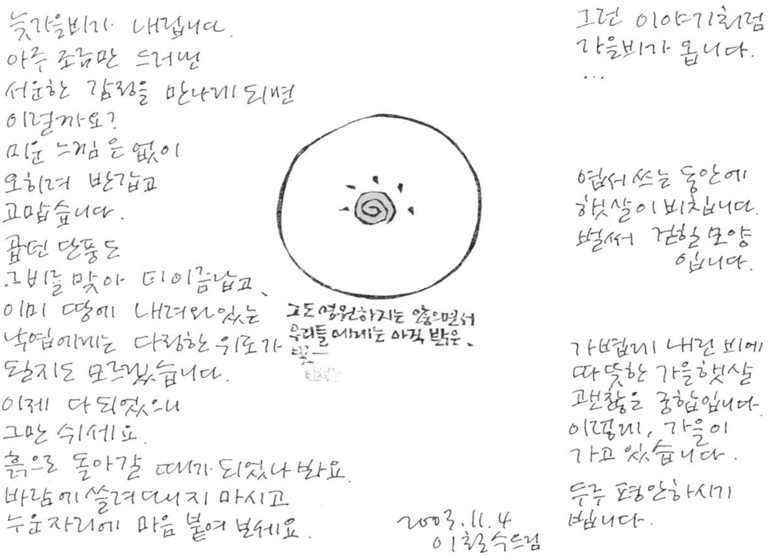

늦가을 비

-이제 다 되었으니 그만 쉬세요. 흙으로 돌아갈 때가 되었나 봐요.
바람에 쓸려 다니지 마시고 누운 자리에 마음 붙여보세요.
그런 이야기처럼 가을비가 옵니다.

아이가 다시 물어다준 서울이야기입니다.
노트북가방 들고 지하철 역에서 잠자러 되던 노숙자 이야기 후속편 입니다.
- 노트북은 아닌것 같은데,
가방 펼쳐놓고, 잠자러보이는
아저씨는 책읽고 계시던걸요.
안경도 쓰고 양복에다
단정하게 앉아 계시던데요.
음-, 지식인인것 같고요.
뭔가 분위기가 달라보이는
아저씨 였거든요.
단정하게 앉아서
가방위에 책을 펼쳐놓고
읽고 계시더라고요.

사납지 않고
고요한 한사람
- 그렇게 혼자 있으면
아름답습니다.

2003. 11. 12
이호중드림

아이 눈에는 '노숙자 다운' 노숙자가 따로 있는가 봅니다.
노숙할 사람들은 못배우고 몸으로 살아나가는 사람들 일거라는 생각이
있었겠지요. 옳은 생각입니다. 그럴 가능성이 훨씬 큽니다.
가능성 적은 일이 벌어진 셈입니다. 이제는 그 가능성도 점점 커지고
있는 중입니다. 겨울이 너무 춥지나 많았으면…

가능성 적은 일

아이 눈에는 '노숙자다운' 노숙자가 따로 있는가 봅니다.
노숙할 사람들은 못 배우고
몸으로 살아가는 사람들일 거라는 생각이 있었겠지요. 옳은 생각입니다.
그럴 가능성이 훨씬 큽니다. 가능성 적은 일이 벌어진 셈입니다.

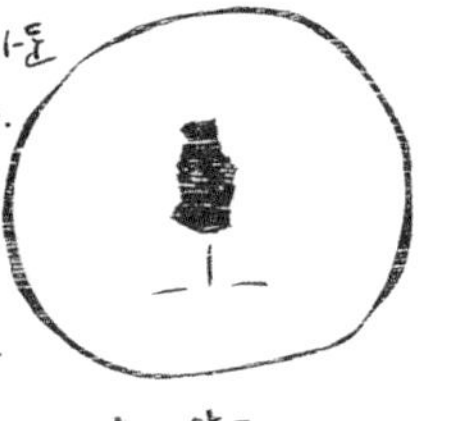

아무리 좋은 친구라고 해도
남을 죽이고 싸워야 하는 일에 함께하자고 해서는
안되는 법이지요.   그것도 죄없는 사람들을.
이라크 파병이 그런 문제 아닌가요?
미국은 참 크고, 가져볼만 멋있는 땅입니다.
그 안에서 들끓고 있는 사회문제를 시비하지 않는다면
부러운것이 많지요.
우리사회역시 친구때따
변한것이 많습니다.
이제는 친구다. 거리를 둘때가
된것 같습니다. 필요하면
설득하고 나무라고 격한 논쟁도
해야지요.
친구를 위해서도 그렇고
우리를 위해서도 그렇습니다. 좋은일 함께하는 친구가 되어야지요.

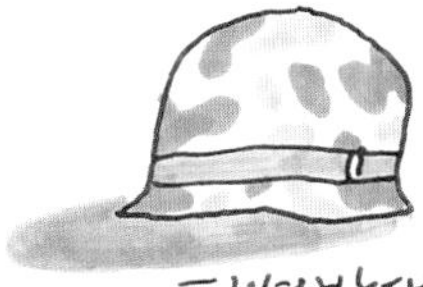

파병반대!
2003. 11. 13 이철수드림

파병

아무리 좋은 친구라 해도
남을 죽이고 싸워야 하는 일에 함께하자고 해서는 안 되는 법이지요.
그것도 죄 없는 사람들을.
이라크 파병이 그런 문제 아닌가요?

뒤안 벗나무 에서도 앞뜰 산목련과 라일락 에서도 낙엽이 쏟아져 내렸습니다. 갈퀴를 들고 그 많은 낙엽 다 긁어 모았더니 작은 수레로 여러차례 실어낼 만큼 많습니다. 긁어다가 논에 쟁여 넣었습니다. 논에서는 좋은 거름 역할을 하게 되 겄지요. 어떤 에는 개울 에 떠가다가 걸려 있는 고사목이나 개울흙 속의

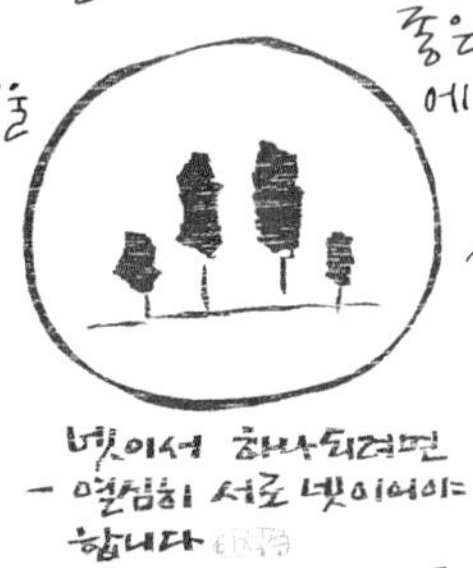

→ 작은 의자하나 가져다 두고 깊이 생각해 봐야 겠습니다.
2003. 11. 20
이호윤 드림

벗이어서 호보수되겠면
— 열심히 서로 넛이어야
합니다

낙엽조차 놀거름으로 썼었다는 이야기를 들었습니다. 퇴비가 귀한 시절에는 이웃에가서 똥도 안누고 왔다고 함은의 당연한 일이지요. 이제 나무들 헐벗어 앙상한 가지를 드러 내고 있습니다. 나무는 그렇게 겨울 채비를 마쳤습니다. 가볍게 무욕의 빈몸뚱이가 되어야 시린 겨울을 견딜수 있음을 이야기 해 주는듯 합니다. 그 나무아래

빈 몸뚱이

이제 나무들 헐벗어 앙상한 가지를 드러내고 있습니다.
나무는 그렇게 겨울 채비를 마쳤습니다.
가볍게 무욕의 빈 몸뚱이가 되어야 시린 겨울을 견딜 수 있음을
이야기해주는 듯합니다.

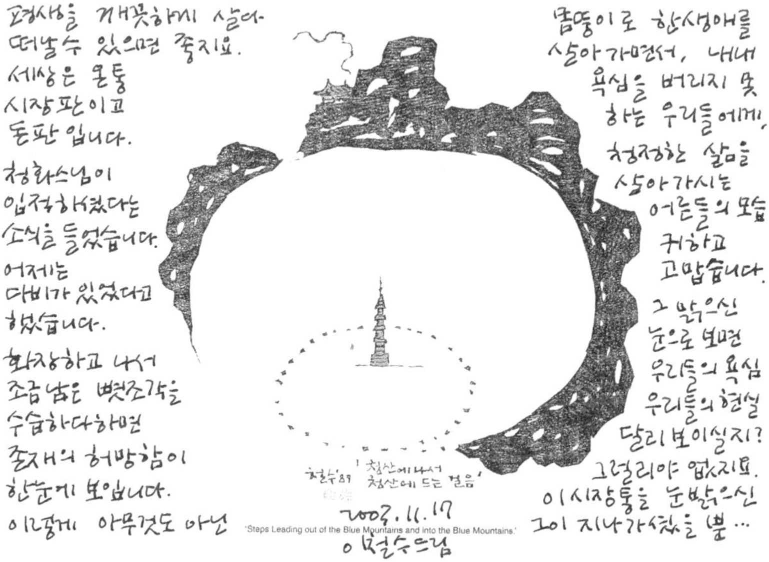

평생을 깨끗하게 살다
떠날 수 있으면 좋지요.
세상은 온통
시장판이고
돈판 입니다.

청화스님이
입적하셨다는
소식을 들었습니다.
어저께는
다비가 있었다고
했습니다.

화장하고 나서
조금 남은 뼛조각을
수습하다 보면
존재의 허망함이
한눈에 보입니다.
이렇게 아무것도 아닌

몸뚱이로 한생애를
살아가면서, 내내
욕심을 버리지 못
하는 우리들에게,
청정한 삶을
살아가시는
어른들의 모습
귀하고
고맙습니다.

그 밝으신
눈으로 보면
우리들의 욕심
우리들의 현실
달리 보이실지?
그럴리야 없지요.
이 시장통을 눈밝으신
그이 지나가셨을 뿐…

청화큰스님 '청산에 나서서 청산에 드는 걸음'
2008. 11. 17
'Steps Leading out of the Blue Mountains and into the Blue Mountains.'
이철수 그림

눈 밝으신 그이

화장하고 나서 뼛조각을 수습하다 보면 존재의 허망함이 한눈에 보입니다.
이렇게 아무것도 아닌 몸뚱이로 한 생애를 살아가면서,
내내 욕심을 버리지 못하는 우리들에게,
청정한 삶을 살아가시는 어른들의 모습이 귀하고 고맙습니다.

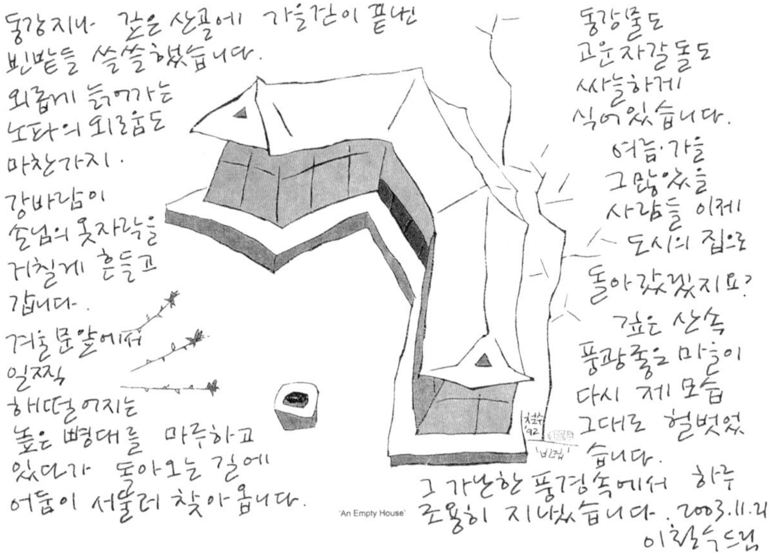

동강 지나 깊은 산골에 가을걷이 끝낸
빈밭들 쓸쓸했습니다.
외롭게 늙어가는
노파의 외로움도
마찬가지.

강바람이
손님의 옷자락을
거칠게 흔들고
갑니다.

거흥 문말에서
일찍이
해떨어지는
놀은 뻘대를 마주하고
있다가 돌아오는 길에
어둠이 서둘러 찾아옵니다.

'An Empty House'

동강물도
고운 자갈돌도
싸늘하게
식어있습니다.

어름.가을
그망았을
사람들 이제
도시의 집로
돌아갔겠지요?
깊은 산속
풍광좋은 마을이
다시 제 모습
그대로 헐벗었
습니다.
그 가난한 풍경속에서 하루
조용히 지났습니다. 2003.11.24
이창수드림

제 모습 그대로

동강 지나 깊은 산골에 가을걷이 끝낸 빈 밭들 쓸쓸했습니다.
외롭게 늙어가는 노파의 외로움도 마찬가지.
강바람이 손님의 옷자락을 거칠게 흔들고 갑니다.

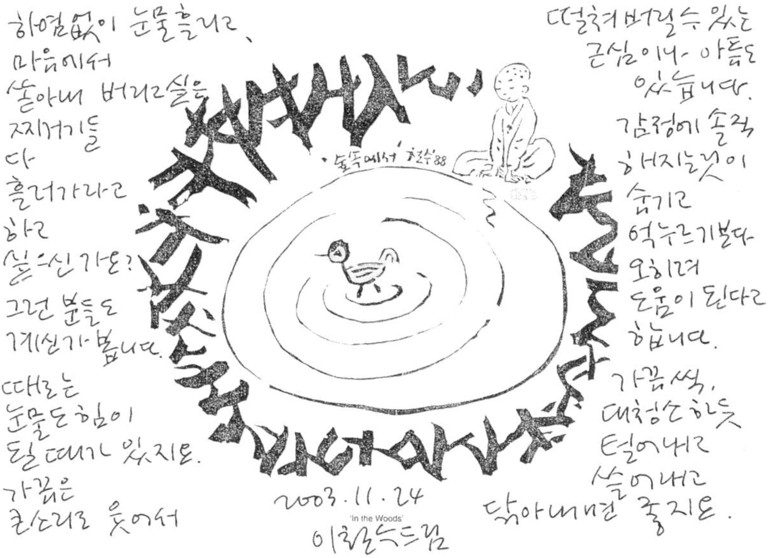

하염없이 눈물흘리고,
마음에서
쏟아내 버리고싶음을
찌꺼기들
다
흘려가라고
하고
실으신가요?
그건 분들도
계실까 봅니다.

때로는
눈물도 힘이
될 때가 있지요.
가끔은
큰소리로 웃어서

떨쳐버릴수 있는
근심이나 아픔도
있습니다.
감정에 솔직
해지는것이
숨기고
억누르기보다
오히려
도움이 된다고
합요나.

가끔씩,
대청소 하듯
털어내고
쏟아내고
닦아내면 좋지요.

· 숲속에서 · 치수 '88

2003·11·24
'In the Woods'
이철수드림

대청소하듯

때로는 눈물도 힘이 될 때가 있지요.
가끔은 큰 소리로 웃어서 떨쳐버릴 수 있는 근심이나 아픔도 있습니다.
감정에 솔직해지는 것이 숨기고 억누르기보다 오히려 도움이 된다고 합니다.

종일 비가 뿌리더니 밤갈어져 빗소리 더 굵어집니다.
조용히 그소리 듣고 있습니다.
그소리만 가만히 듣고 있습니다. 문득 울리는 전화를 들어
보니 깊은산중에 사는
지인입니다. 아, 당신.

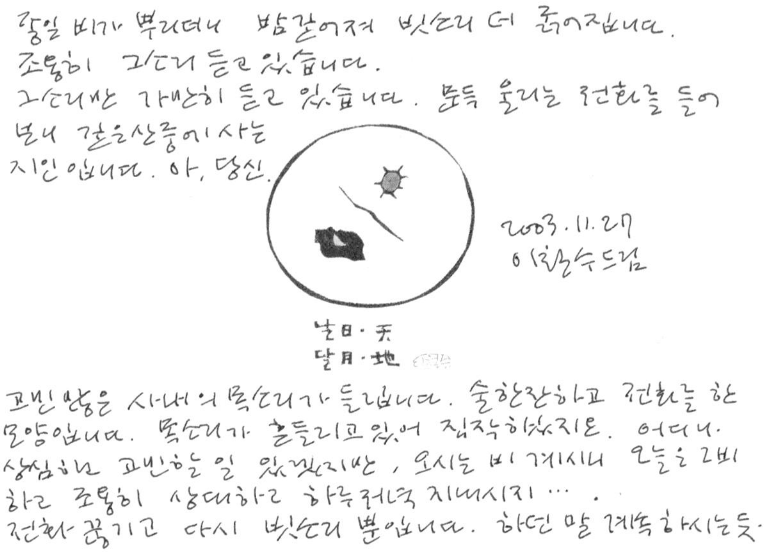

2003. 11. 27
이원숙드림

날日·天
달月·地

고민 많은 사내의 목소리가 들립니다. 술한잔하고 전화를 한
모양입니다. 딸꾹질이 늘들리고있어 짐작하셨지만. 어디나.
상심하고 고민할 일 있겠지만, 오시는 비 계시니 오늘은 그비
하고 조용히 상대하고 하루저녁 지내시지 ……·.
전화 끊기고 다시 빗소리 뿐입니다. 하던 말 계속하시는듯.

고민 많은 사내

문득 울리는 전화를 들어보니 깊은 산중에 사는 지인입니다.
아. 당신.
어디나 상심하고 고민할 일 있겠지만.
오시는 비 계시니 오늘은 그 비하고 조용히 상대하고 하루 저녁 지내시지……
전화 끊기고 다시 빗소리뿐입니다. 하던 말 계속하시는 듯.

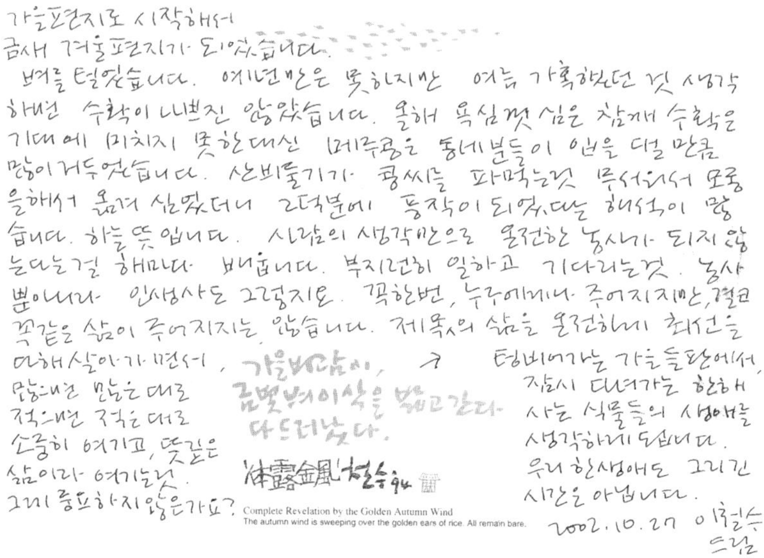

벼를 털었습니다. 여러번은 못하지만 여름 가혹했던 것 생각
해보면 수확이 나쁜진 않았습니다. 올해 욕심껏 심은 참깨 수확을
기대에 미치지 못한대신 메주콩은 동네분들이 입을 댈 만큼
많이 거두었습니다. 산비둘기가 콩씨를 파먹는것 무서워서 모종
을 해서 옮겨 심었더니 그덕분에 풍작이 되었다는 해석이 맞
습니다. 하늘 뜻 입니다. 사람의 생각만으로 온전한 농사가 되지 않
는다는걸 해마다 배웁니다. 부지런히 일하고 기다리는것. 농사
뿐아니라 인생사도 그렇지요. 꼭한번, 누구에게나 주어지지만, 결코
꼭같은 삶이 주어지지는 않습니다. 제몫의 삶을 온전하게 최선을
다해살아가면서, 만나게될 만큼 대로 텅비어가는 가을 들판에서,
지극하면 지극할수록 잠시 머려가는 화려하게
소중히 여기고, 뜻깊은 사는 식물들의 생애를
삶이라 여기는것 생각하게 됩니다.
그게 중요하지 않은가요? 우리 한생애도 그리긴
시간은 아닙니다.

秋露金風 청승화
가을바람이,
금빛벼이삭을 쓸고간다
다 드러났다.

Complete Revelation by the Golden Autumn Wind
The autumn wind is sweeping over the golden ears of rice. All remain bare.

2002. 10. 27 이철수
드림

가을 들판에서

사람의 생각만으로 온전한 농사가 되지 않는다는 걸 해마다 배웁니다.
부지런히 일하고 기다리는 것.
농사뿐 아니라 인생사도 그렇지요.

어제는 영하 6℃ 였다고 하였습니다.
오늘도 새벽이슬어더가고 서리가 하얗게 내려앉은 새벽들을 보았습
니다. 이슬이 서리되고, 비는 눈이 됩니다. 이제 곧 추위가 올테지요.
사람은 겨울나기위한
준비를 해야합니다.
겨울잠 자는 짐승들처럼
그렇게 살수 있으면
좋을텐데…
겨울채비로 김장을 담그고
온갖것 갈무리하고
옷가지도 바꾸어 넣고
꺼내고…, 하는일이
하도 많아 보여서

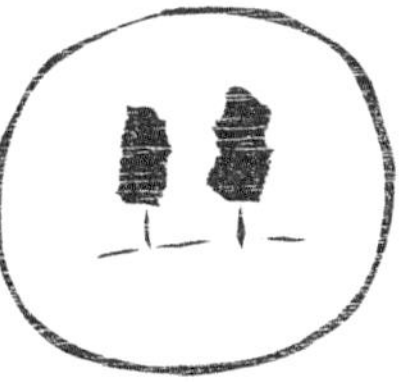

둘이서. 함께 서있는
그거리
- 홀로 고요한 자리와
다르지 않습니다.

→ 그런제, 제 각기
알아서 제 살아갈
궁리를 하겠지요? 저는
가끔 물이나 주면서
새봄을 기다리겠습니다.
마음이라도 덜 바빠지면
좋겠습니다. 겨울잠드는
마음 처럼.
2003. 11. 18 이철수드림

그런 생각을 잠시하였습니다. 밖에 있던 화분은 집안으로 들어오지
벌써 여러날 지났습니다. 밖에서 비도맞고 햇볕도 쬐고 하던
것들이라 메말라 있는 집안에서 겨울지내기 수월치 않는듯 합니다.
어떤놈들은 해드는 창쪽으로 일제히 목을 빼고 있기도 합니다.

겨울 채비

겨울잠 자는 짐승들처럼 그렇게 살 수 있으면 좋을 텐데……
겨울 채비로 김장을 담그고 온갖 것 갈무리하고
옷가지도 바꾸어 넣고 꺼내고……
하는 일이 하도 많아 보여서 그런 생각을 잠시 했습니다.

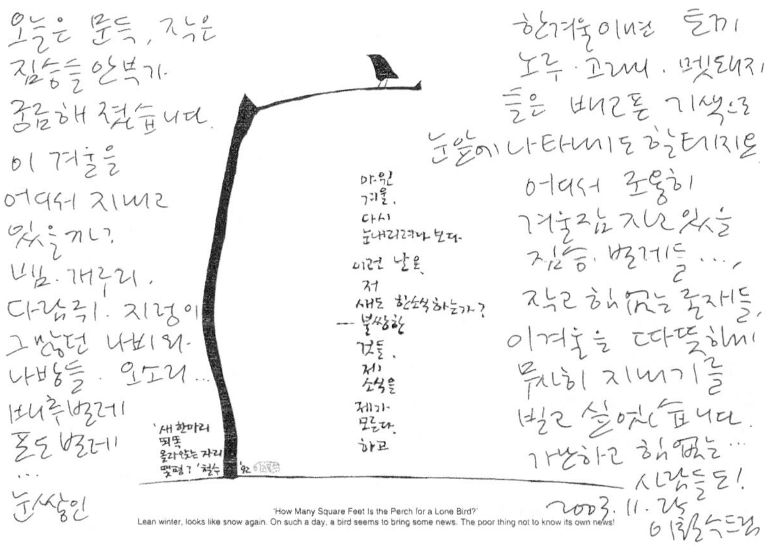

오늘은 문득, 작은
짐승들 안부가
궁금해졌습니다.
이 겨울을
어떻게 지내고
있을까하니.
뱀, 개구리,
다람쥐, 지렁이
그 많던 나비와
나방들. 온갖
버러지들
돌도 벌레

'새 한마리
뭣뜸
올라앉는 자리
몇평? '청솔

눈사람인

마원
겨울.
다시
눈내리려는가 보다.
이런 날도,
저
새도 한소식하는가?
─불쌍한
것들,
제
소식을
제가
모른다
하고

'How Many Square Feet is the Perch for a Lone Bird?'
Lean winter, looks like snow again. On such a day, a bird seems to bring some news. The poor thing not to know its own news!

한겨울이면 토끼
노루, 고라니, 멧돼지
들은 배고픈 기색으로
눈앞에 나타내기도 하더라지만
어떻게 조용히
겨울잠 자고 왔을
짐승, 벌레들 ···
자기 한몸도 둘데들,
이겨울을 따뜻하게
무사히 지내기를
빌고 싶었습니다.
가난하고 힘없는 ···
사람들도!
2003. 11. 22
이철수드림

작은 짐승들

오늘은 문득, 작은 짐승들 안부가 궁금해졌습니다.
작고 힘없는 존재들, 이 겨울을 따뜻하게 무사히 지내기를 빌고 싶었습니다.
가난하고 힘없는 사람들도!